感动心灵：最受欢迎的微型小说

过过儿时之瘾

——凌鼎年风情小说

凌鼎年 著

花山文艺出版社

图书在版编目(CIP)数据

过过儿时之瘾：凌鼎年风情小说/凌鼎年著．——石家庄：花山文艺出版社，2005(2021.8重印)

（感动心灵：最受欢迎的微型小说名家名作）

ISBN 978-7-80673-710-1

Ⅰ.①过… Ⅱ.①凌… Ⅲ.①小小说-作品集-中国-当代 Ⅳ.①I247.8

中国版本图书馆CIP数据核字(2005)第082376号

丛 书 名：感动心灵：最受欢迎的微型小说名家名作系列

书 名：**过过儿时之瘾**
　　　　——凌鼎年风情小说

著 者：凌鼎年

策 划：张采鑫　滕 刚
责任编辑：于怀新
特约编辑：高长梅
美术编辑：齐 慧
责任校对：童 舟
装帧设计：大象设计工作室
出版发行：花山文艺出版社（邮政编码：050061）
　　　　（河北省石家庄市友谊北大街330号）
销售热线：0311-88643221
传 真：0311-88643234
印 刷：永清县晔盛亚胶印有限公司
经 销：新华书店
开 本：787×960　1/16
字 数：210千字
印 张：14.5
版 次：2005年9月第1版
　　　　2021年8月第2次印刷
书 号：ISBN 978-7-80673-710-1
定 价：39.90元

（版权所有　翻印必究·印装有误　负责调换）

目 录 CONTENTS

第一辑 法眼

(2) 法眼
(5) 药膳大师
(9) 天下第一桩
(13) 斗草
(17) 斗茶
(21) 盆景王
(25) 荷香茶
(29) 古兰谱
(31) 蒋师爷
(35) 麻将老法师
(38) 狂士郑无极
(41) 高云翼造园
(44) 盼头
(48) 柏峥嵘与柳临风

第二辑 春云出岫

(52) 春云出岫
(55) 封侯图
(58) 鱼拓
(61) 扫晴娘
(64) 酒香草
(66) 书女魂

FENGQINGXIAOSHUO

(70) 憩园春秋

第三辑 茉莉姑娘

(74) 嘴刁
(77) 万卷楼主
(80) 进京
(84) 郭芳轶事
(88) 上官铁之死
(90) 书恨
(92) 茉莉姑娘
(96) 娄城两大姓
(100) 人瑞
(103) 藏书状元
(105) 带徒拜师
(108) 古黄杨

第四辑 蛇医世家

(112) 盲人夫妇
(115) 服装姚
(117) 杨美人
(120) 老瞎子
(123) 蛇医世家

FENGQINGXIAOSHUO

第五辑 美的诱惑

(128) 求画者

(131) 洋媳妇

(134) 吃药

(138) 李趋时与赵泥古

(141) 天使儿

(144) 美的诱惑

(146) 过过儿时之瘾

(149) 废画

(152) 小昆仑石

(155) 满衣锦造房

第六辑 依然馨香的桂花树

(160) 铁嘴林

(163) 依然馨香的桂花树

(167) 医术

(170) 玉雕门

(173) 大学士路

(175) 妙手

(178) 倒插门

(180) 阿麻虞达岭

(183) 彻悟

(186) 婚补

FENGQINGXIAOSHUO

第七辑 菖蒲之死

(189)血井

(194)收藏家沙里金

(197)拍卖行来了款爷

(200)姚和尚

(203)怪人言先生

(206)碎瓷片收藏家年千寿

(209)请请请,您请

(212)汉白玉三勿雕

(215)捡漏儿

(218)大彬壶

(221)菖蒲之死

(224)全羊宴

第一辑

法眼

法　眼

> 老者关于斗彩莲花盖罐的一番话，使齐三元吃惊得半天回不过神来。

近年，娄城的古玩市场开始热了起来。每到双休日，那文庙边上的古玩市场就摊连摊，人挤人了。

初秋的一天，来了一位外地口音的黑脸汉子，此人年纪约三十来岁，说城里人不像城里人，说乡下人不像乡下人，憨厚中带着点儿狡诈，精明中又透着几分死性，让人捉摸不透他。他摆出了宣德炉、墨盒、笔洗等几样古玩，开价都不算太高，很快就成交了，惟有一只斗彩莲花盖罐他开价8.8万，并咬死说一口价，不能还价，还价免谈。

齐三元是古玩市场上的大户，他认准了的东西，如落入了他人手中，他会几天几夜睡不着觉。

齐三元这几年在古玩市场上，药已吃过多次，还在不断付学费，不过，看得多了，也多少练出了点儿眼力，几年来，也确确实实收进了不少好货，让收藏界同行眼馋得很呢。

齐三元那天一瞄到那斗彩莲花盖罐，眼就一亮，凭他目前对瓷器的鉴别能力，他一看那造型，那图案，那色彩，应该是明成化年间的官窑产品，这可是好东西哪。如果说真是成化年间的官窑产品，8.8万元这价太便宜了。如此看来，这黑脸汉子是个嫩头，是个涩货。从他刚才出手的宣德炉、墨盒、笔洗等，其价位都只是半价到七八成价。齐三元估摸着，要么都是旧仿，要么真是不识货。要是碰上个不识货的，那合该我发财喽。

齐三元上前把那盖罐看了一下，底下"大明成化年制"六个字分两行竖排，字外有双圆圈套着，这可是标准的成化年间的落款。再看那莲花画得拙拙的，土土的，色彩有红有绿有蓝有黄，怎么看都有点儿俗，但齐三元知道，成化年间的斗彩瓷器就是这风格，与青花是不可同日而语的。齐三元掂着分量，用手指弹着听响，看了外面看里面，看了顶盖看罐底，又用手摩挲了一阵。反复看了一阵后，齐三元有点儿吃不准了，说是吧，似乎釉色太新了，用手摸没有那种润的感觉，说不是吧，又太像真的了。

齐三元拿8.8万元出来是绝对拿得出的，但毕竟也不是个小数目，不能再吃药了。他想到了娄城古玩鉴赏家楚诗儒，他可是法眼呐。齐三元一个电话打过去，楚诗儒倒也上路，一听是成化年间的瓷器，立马就打的赶了过来。

楚诗儒也不说话，先用手在罐内罐外顺时针转动摸了一遍，又逆时针转动摸了一遍，然后取出一只特制的放大镜，仔仔细细看了一遍。看罢，他说："瓷是好瓷，仿得很到位，必是高手所仿，能仿到这个程度，无论怎么说，也算是精品了，应该也值个一万两万的。但恕我直言，以我的手感而言，这罐的仿制时间不会超过十年。"楚诗儒怕齐三元不信，让他通过放大镜看，果然，那毛刺都还在呢。楚诗儒说："明成化距今五百多年。五百多年啊，一件瓷器历经五百多年，怎么说也火气全消了，手感绝不应该有任何毛刺感，仅此一点，就足以证明这是赝品！"

楚诗儒在娄城古玩界的权威性是从没人怀疑的，他此话一出，谁还会去买这件假货呢。

齐三元连声说："谢谢，谢谢，要不然我今天又要吃药了。"

黑脸汉子听楚诗儒这么一说，也蔫了，自言自语说："俺爹临终时告诉我，这是货真价实的成化瓷……"

他守着这盖罐整整一天，再没人来问津，眼见将收市了，黑脸汉子知

道没戏唱了,咬咬牙降到了 4.8 万。

这时,有位拄拐杖的老者踱进古玩市场,他转了一圈后,来到了黑脸汉子摊前。他告诉黑脸汉子他是专收藏成化瓷的,所以价也不还,爽爽气气地付了 4.8 万现钞,开开心心地走了。

齐三元想,冲头总是有,连这古稀年纪的老资格也看走眼,包不准回去后要悔得吐血。他忍不住上前对老者说:"老先生,这是赝品,你上当了。"

老者见齐三元一脸真诚,很热情地说:"走,喝茶去,边喝边聊。"

老者自始至终没说他姓啥名甚,以前是吃什么饭的,但老者关于斗彩莲花盖罐的一番话,使齐三元吃惊得半天回不过神来。

老者说:"看来你也是古玩行当的票友,让你长长见识。这个罐绝对是真品,但为什么会给人仿制的感觉呢,因为这是库货。"老者见齐三元一脸的惘然,知道他还不懂何为库货。就解释给他听。原来这盖罐是当时官窑烧制的,其中有一批瓷器被送到了报国寺,因为是皇帝的御赐,除了部分用掉,剩余部分就封存在了寺庙的地下室里,后来由于战乱的关系,地下室的秘密就鲜为人知了。一直到 1966 年"破四旧",红卫兵扒庙时,才无意中发现了这地下室,结果就发现了好几箱没有拆封的瓷器,有瓷双耳三足香炉、僧帽壶、青花盆、碗,有斗彩瓶、罐等等,当时小将们乒乒乓乓一阵砸,这些价值连城的珍宝十毁八九。据说有人趁乱拿了几件回家。我是在收古董时无意中听当年参与过此事的红卫兵讲的,从此以后我一直在寻觅是否有库货遗存,没想到会在这儿发现,天意天意呐。

老者还说这只罐自 1966 年被从地下室取出后,从没用过,很可能放在箱子里,换句话说这罐五百多年来还第一次见阳光呢,所以依然像刚出窑的新货一样。

"如此说来,这铁定无疑是库货,是真家伙了?那该值多少?"齐三元问了个不该问的问题。

"好,看你也不是坏人,真人面前不说假话,这件瓷器按目前行情,一百万应该是值的。"老者说时掩饰不住满脸的神采。

应该让楚诗儒来听听,应该让楚诗儒与老者见见面,对对话。但老者说:"免了免了。"

喝罢茶,老者飘然而去。

齐三元冲着老者的背影叹服道:"法眼,真正的法眼!"

药膳大师

> 戚梦萧略一凝神,提笔写下了"良厨犹如良医,诚药膳大师也"。

在娄城餐饮界,有个不成文的规矩:凡饭店开张的,你不请市里的头儿脑儿可以,不请场面上露脸的那些款爷富婆可以,但假如你不请戚梦萧光临,不请他说几句好听的,那我敢打赌,你这饭店的生意必好不到哪儿去。

为何?

难道说这戚梦萧比市长还市长,比书记还书记?

嗨,你还真的说对了一半,戚梦萧在餐饮界的知名度牛着呢,外号"美食家"。据说其祖父是清朝皇宫里的御厨,其父亲曾是上海国际饭店特聘掌厨,他本人呢,虽不是啥名厨,却整理出版过一本《娄城历代名菜谱》,还被《美食家》杂志特聘为刊物顾问。连省电视台摄像人员也专程到娄城为他拍摄《娄城美食家》的专题片。

由于他有如此知名度,娄城的那些老饕们自然十分注意他的动向,如果他不肯捧场的饭店,他们自然也就极少光临。如果戚梦萧在哪个饭桌上哪个场合说了某某厨师,或某某菜味道不错,那必有不少人会慕名去尝一尝。影响最大的一招是戚梦萧闲来无事时还会写篇把千字文,或介绍一道传统名菜、或介绍一道特色名点,文中间或还会批评、表扬一两家饭店或起色了或滑坡了。这就使得戚梦萧的一言一行在一定程度上影响着娄城的餐饮界。因此,宾馆、饭店、酒家的老板谁不巴结他,只要他一到,"戚老,戚老"、"老法师"、"美食家"之称呼就不绝于耳,必上最好的菜,最靓的汤,让他品评,请他指点,惟恐怠慢了他,得罪了他。

却偏偏有不识相,不拎行情的。这不,刚开张的大学士街的"王记药膳菜馆",竟没有请戚梦萧。

据知内情人透露,开张前有人提议不请谁都可以,戚梦萧是非请不可的,谁知菜馆的总经理王一脉竟然大言不惭地说:"酒香不怕巷子深"。似乎对戚梦萧不屑一顾。

"王记药膳菜馆"的反常举动引起了媒体的好奇,他们很想知道菜馆吸引顾客的绝招何在,就去采访了王一脉。

王一脉告知记者:四百多年前李时珍来娄城拜访其先祖王世贞时,请王世贞为《本草纲目》写序,这本《本草纲目》在王世贞处一放就放了十年,直到1590年王世贞临死前才看完了全书,写出了序言。其实有一个细节外人不知,王世贞请人抄录了其中的药膳部分,共有400多个食疗医方呢,这个食疗医方成了他们王家的传家宝。现在传到了他手里,他正是根据这些食疗医方才开这爿药膳菜馆的——哇,来头还不小呢,老记者们一个个顿时来了兴趣,要请王总经理详谈一下有关药膳知识。

谁知这一问问到了王一脉的脉上,他侃侃而谈起来,什么"虚者补之"、"实者泻之"、"寒者热之"、"热者寒之";什么"肺宜辛,心宜甘,脾宜苦,肝宜酸,肾宜咸";什么"春不食肝,夏不食心,秋不食肺,冬不食肾"……一套一套的,听得见多识广的老记者们也一愣一愣。王一脉趁热打铁,邀请老记者们吃一顿便饭,尝一尝他的手艺,免得被人说"天桥的把式——光说不练"。

老记者们已被他说得口水都要滴出来了,都说:你不请我们吃,我们也不走了。

王一脉叫手下端来了玉米须炖龟、姜汁拌海螺、泥鳅钻豆腐、百合鲤鱼、天冬炖鸡、陈皮扒鸭掌、杜仲腰花、荸荠狮子头、枸杞汁熏麻雀,素菜类有琥珀莲子、冬菇萝卜球、口蘑椒油小白菜、酿煎青椒、韭菜炒胡桃、葵花豆腐,还有竹荪芙蓉汤与茯苓烙饼小点心,最后上了芡实粉粥与山药粥各一盆。

吃得老记者们一个个都说:"味道好极了!"

王一脉呢在边上介绍如何选料、用料、配料,如何掌握刀法、器具、火候,如何做到形、色、香、味俱全,还一口气说了要"不偏不倚,不过不离,不韧不糜,不老不嫩,不坚不滑,不燥不寒,不涩不腻,不咸不淡,不艳不暗,不大不小,"听得老记者们个个目瞪口呆,其中一个专跑饮食线的老记者由衷地说道:你王总才是真正的美食家,今天我们算是开了眼界,享了口福,饱了耳福。

第二天,市报上一篇《访药膳大师王一脉》的专访登了将近半版,还配发了照片。

电视台则播放了一则《别具一格的药膳菜》;电台则播了《真正的美食家王一脉访谈录》;网站则把"陈皮野兔肉"、"田七鸡杂炖鲫鱼"、"东坡童子甲鱼"、"绿豆汤西瓜盅"、"蟹黄鱼翅"、"当归枸杞鸡"、"壮阳乌龟汤"等多盆菜的照片也上了网。

这股宣传势头使得"王记药膳菜馆"一时名声大噪,食客盈门。

戚梦萧原本以为王记药膳菜馆早晚会请他的,但现在看来这种可能性很小很小,他有点儿坐不住了。他是个吃遍娄城皆上宾的美食家,现在如此美食品尝不到,他浑身难受。从另一方面讲,他也实在想去实地看一看、品一品,到底是名大于实呢,还是实大于名,可他又实在不好意思自己跑上门去吃。总算有人看出了道道,请了戚梦萧去品尝药膳菜。

戚梦萧去之前,特地翻了唐代孟洗的《食疗本草》、南唐陈士良的《食性本草》、明代汪颖的《食物本草》等,以防到时出洋相。

无论怎么说,戚梦萧乃老吃客了,嘴早吃得极刁极刁,但当他品尝了百花色肚、香酥飞龙、柳蒸羊羔、蝴蝶海参、卤猴头菌、燕窝人参羹等药膳菜后,一语不发。席散后,他突然大喊道:"你们把老板叫出来!"

请客者蓦然一惊,怕戚梦萧说出些不得体的话来,忙说:"戚老,你今天喝多了,走吧,走吧。"

哪能想到戚梦萧坚持不肯走,非要见王一脉不可。

王一脉见是戚梦萧,忙说:"失敬失敬!"

戚梦萧也不客套,直截了当地说:"虚头话不说了,拿笔墨来!"

笔墨拿上来后,戚梦萧略一凝神,提笔写下了"良厨犹如良医,诚药膳大师也"。落上款后,他笔一扔,头也不回地走了。

天下第一桩

> 郑有樟一见那树桩,就惊呆了,天下竟有如此好东西。

在娄城书画界,郑有樟是个怪人,他不藏字画不藏玉,不喜瓷器不喜陶,他只对那些似石非石,似木非木的硅化石感兴趣,他家里有一块不规则圆型的石台,其实是一段古柏的树干,只是因为在数千万年的演变中,树干的某些成分被硅酸盐所置换,才逐渐变硬,成了这种介于木与石之间的硅化石。那树的年轮清晰可辨,叩之有金石声,抚之有清凉感。即便是小件,也沉甸甸的,决无轻浮之感。

因为郑有樟的爱好奇特,娄城又不出硅化石,所以郑有樟在娄城收藏界露面不多,也谈不上有多少知名度。

一个偶然的机会,郑有樟从一个藏友嘴里得知,翰林弄的阮大头最近从安徽收到了一件好东西,号称"天下第一桩"。

郑有樟对树桩没啥兴趣,也没往心上去。

藏友见他如此,故意说道:"宝贝呐,少说也有六七千年历史了,已半成化石了。"

这话像生了翅膀似的，一下飞进了郑有樟的耳朵。他一把攥住藏友之手说："走，去看看，马上就去。"

阮大头在娄城收藏界是另一个怪人，只要他看中的，砸锅卖铁他也会收下来，所以古玩市场上谐他姓叫他冤大头，后来真名反无人叫了，其实阮大头的学费早付够了，如今他精明着呢。

郑有樟一见那树桩，就惊呆了，天下竟有如此好东西。但见那树桩高1.8米，宽1.6米，因为上千年来被山泉湍流冲刷的缘故，那粗枝老根已被冲刷得百窍千灵，真可谓大洞套小洞，洞中有洞，有如天助般，借用了大自然这鬼斧神工的手艺，完成了一件透雕、深雕之作，真正是浑然天成，且在岁月变迁中，已有化石的性质了，但不像硅化石那样粗糙，可能是水流的作用，无论是大洞小洞，没一处不是温润滑溜，摸之手感极好。

郑有樟前看后看，左看右看，发现无论从哪个角度观之，都赏心悦目，更难得的是这香樟木桩香气扑鼻，且香得柔和、高雅，郑有樟凝视着这天下第一桩，不言不语，也不离去。

阮大头已看出了郑有樟的偏爱心思，不无得意地说："我收藏几十年，这是我最得意的一件藏品，今后就是我的镇宅之宝喽！"

郑有樟命中缺木，故在名字中以木弥补，取名有樟，偏偏自己藏品中有松硅化石、有桧硅化石、有银杏硅化石、有楠硅化石，就是没有樟硅化石。而今，这古桩化石出现在眼前，这不是缘又是什么？郑有樟下决心非把这天下第一桩搞到手不可。

他很诚意地对阮大头说："君子本不夺人之爱，但我郑有樟既然命中注定有樟，岂能错过。您老成全我，割爱吧。你开个价，我郑有樟保证不会让您吃亏。"

阮大头一听，笑笑说："想看，尽管看，想买，则免谈！再说就伤和气了。"

郑有樟就这样碰了个软钉子。

郑有樟不甘心，他实在太喜欢那天下第一桩了。以后的一段日子里，郑有樟吃饭想着这事，睡觉想着这事。想来想去被他想到了以物易物的主意。他打听到这阮大头搞收藏不在乎升值不升值，只在乎自己喜欢不喜欢。他突然想起前不久在浙江东阳见过一老艺人正在加工水浒人物根雕,印象中也是香樟木的,那108将栩栩如生,惟妙惟肖,据说已雕了好多年了。对,买下来,送给阮大头,他八成会喜欢的。

事不宜迟,郑有樟第二天就开了小车赶到浙江那老艺人家,花了大价钱把那根雕买了下来,并雇了车运回了娄城。

果然不出郑有樟所料,阮大头一眼就相中了这根雕作品,请郑有樟爽快出价。

郑有樟很坦率地说:"明人不说暗话,我只想换你的树桩。"

阮大头没想到郑有樟来这一手,有点不快地说:"肯卖,价钱好商量。不肯卖,你抬走吧。"

郑有樟也没想到阮大头如此固执,悻悻而回。

藏友见郑有樟愁眉苦脸的,知道他还惦着那天下第一桩。就给他出主意。

藏友甲说:"阮大头的独生女今年26岁了,还没嫁人,干脆有樟兄娶了她算了,条件嘛,非天下第一桩做嫁妆不要……"

"缺德缺德,婚姻是儿戏啊。"郑有樟一票否决。

藏友乙说:"派人冒充算命先生,凭三寸不烂之舌,说动他心甘情愿出手……"

"损、损、损,骗他老人家,于心何忍。"郑有樟依然不同意。

藏友丙说:"那你干脆跪在阮大头面前,求他,不怕他铁石心肠。"

你们怎么尽是馊主意,郑有樟气死了。

郑有樟突然失踪了一段时间,后来,藏友们才知道,他去了安徽,去调查了解了这天下第一桩的来历,他还翻阅了当地的地方志,回来后写了篇《流传有序的天下第一桩》。据郑有樟考证,此树桩是南宋末年一次山洪暴发后冲下山来的,先为安徽一博古斋收进,后为画家闵双城收藏。元代时为贵族王孙铁木儿收藏;明代时,在安徽布政使及大收藏家华佰裘等多人手里收藏;清代时,在桐城露过面,后来就不知去向。郑有樟还收集了明代时有人吟咏此桩的诗文。

郑有樟把这篇考证文章打印后,交给阮大头斧正。

阮大头没想到郑有樟竟对这天下第一桩有如此感情,做如此有心

人,很是感动,他拉住郑有樟说:"来,我俩在天下第一桩前留个影。"

三天后,阮大头打电话给郑有樟说:"啥话别说,你来把天下第一桩搬走吧。"

郑有樟去搬天下第一桩时,他特地沐浴焚香,极是虔诚,出屋进屋前,还点了鞭炮、放了高升呢。

当时人群中说啥的都有,有说"神经病"的;有说"作秀嘛";有说"文人怪癖"的……

郑有樟一点儿不恼,他乐哈哈地说:"我全当补药吃。"

斗　草

> 每年的端午，阿埭总不由自主地来到娄江边，他也说不清这无望的等待怎么会有如此的诱惑力。

农历五月，民间俗称恶月。因暑热袭来，蚊蝇孳生，往往疾病流行，百姓畏之。因此在两千多年前，即有到郊外山野去采草药，以驱疾治病的习俗。后来演化为"踏百草"（即踏青）、"斗百草"等。斗草之戏因比较温文尔雅，故南方盛于北方，渐成吴地民俗。

据地方志记载：斗草之风，娄城历来盛行，乃端午期间的一民间活动。

古庙镇有一孩儿王出身的阿埭，自小偏好斗草。他出马斗草，不说百战百胜，至少十斗九赢。他的那一套诀窍，即便说给别人听，别人也学不来。古人有"工欲善其事，必先利其器"，他阿埭斗草用的车前草那根草茎是采自穿山之悬崖陡壁，你敢去采吗？那可是有危险性的。

阿埭弱冠之年后，依然放不下他的斗草，每年五月五日，他总要在古庙镇外的娄江边与人斗草，有如设擂，谓之过过斗草瘾。

阿埭言明：输者得为之扬名，赢者可罚他做事一

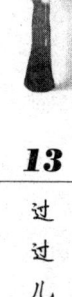

桩。

那日，娄城不少女眷也难得到娄江边来郊游踏青。内中有一叫冉云的姑娘见阿埭在玩斗百草之戏，来了兴致，说也来凑趣一斗。

阿埭见来一城里姑娘，自然半点不把她放在眼里。在他看来，如此娇弱的姑娘，与他身经百战的阿埭斗草，非让她连斗连败不可。

谁知冉云姑娘一点儿不示弱，竟然拔来了一根又粗又老的草茎，那架势，志在必得。踏青之游人见一姑娘家与斗草王阿埭交战，呼啦一下围上了不少人，大家对冉云姑娘手中的草茎啧啧赞之，简直堪称草茎王，也不知她是如何采到的。

阿埭瞄一眼冉云姑娘手中的那根特大号草茎，不以为然地一笑，他故意挑了根又细又短的草茎，仿佛拳击比赛中的重量级与轻量级，完全不成比例。

"冉云姑娘赢，阿埭小子输。"不少人心里默默念叨，希望让冉云姑娘来挫挫这位常胜将军的锐气，不说出口恶气，至少开心一番，乐一乐，笑一笑，让阿埭在姑娘面前闹个大红脸。

比赛可说是速战速决，开始阿埭摆出一副我自岿然不动，接受任何挑战的样子。两人的草茎成十字相交状，冉云用劲拉了几次都无法拉断阿埭的草茎。如此三次后，阿埭似乎已很有绅士风度了，他开始反击，只见他以极快的速度用劲一拉，冉云手中那又粗又老的草茎竟然像放在刀刃上似的，齐刷刷地断了。

观者无不失望万分，有人拿起阿埭那根草茎反复看，这么细的一根细茎，怎么似老牛筋似的拉不断。

其实游人哪里知道，阿埭的车前草茎都采自穿山，穿山以石为主，车前草要能在穿山生长，非有坚韧的生命力不可，特别是那些生长在峭壁上的，经风经雨，且得天地之精华，怎能与娄江边肥沃土地上生长的车前草相比呢，一个富贵相，一个贫苦样，但谁能吃苦，谁能耐劳，还用说吗？

阿埭赢了，在众目睽睽下赢了，不免有些得意。

"不服！"冉云姑娘说。

"不服？"阿埭一愣。好，不服再斗。

"手斗我输了,你敢不敢口斗。"冉云咄咄逼人。

口斗就是各自报出各种花草的名目,类似对对子,对仗是第一要素,花草的质量是第二要素,就好似黄宏与侯耀文的小品《玩名片》差不多。

口斗,阿埭曾与小伙伴们也斗过,但他自知是弱项,可连应战的勇气都没有,那岂不太失面子了,斗就斗,不信这城里姑娘就识得那么多野花野草。

阿埭自认为自己是擂主,让冉云挑战。

冉云决定先易后难。

"红梅。"

"青萍。"阿埭张口便来。

"美人蕉。"

阿埭想了想说:"君子兰。"

"车前子。"

"马后炮。"阿埭脱口而出。

人们哄堂大笑。阿埭窘得无地自容。

冉云心软,说了个常见的"春风桃李"。阿埭稍动了动脑筋,就答了个"秋雨芭蕉"。

冉云见阿埭缓过神来了,抛出一绝的"相思子"。

阿埭愣住了。嘴里"相思子相思子"地念着,就是对不出。

"回去慢慢想吧,想到了再告诉我。"冉云一笑,飘然而去。

阿埭变了个人似的,一门心思想早点儿对出相思子,他把他知道的花花草草一个名称一个名称地过滤着,筛选着。有天,他在古庙镇一户人家的后院见到一合欢树,他突然省悟:合欢枝,对,一定是合欢枝。

相思子对合欢枝,有意思。我要去告诉冉云,我阿埭对出来了,不,还要问问她,这是什么意思?阿埭有些想入非非了。

冉云是哪家的小姐呢?总不见得一家家叩门去问吧。

阿埭想得蛮好,静静心心苦读一年书,明年端午正式摆擂斗草,引冉云再来复斗,非赢她不可。

第二年端午,阿埭早早来到了娄江边,呼吸着春天的气息,踏着浅浅的青草,他自信:手斗他阿埭可号称打遍娄城无敌手。口斗,经一年闭门

苦读,他如今也不怯场。他多么希望冉云姑娘再来与他斗一斗草,可冉云姑娘没有出现。

第三年,冉云姑娘还是没有出现。

或许冉云姑娘再不会来了,留下了永远的相思子与永远的回忆。

以后,每年的端午,阿埭总不由自主地来到娄江边,他也说不清这无望的等待怎么会有如此的诱惑力。

斗　茶

煎茶留静者,靠月坐苍山。

　　因了一句"不醉无归",直喝到三星歪斜才散,屋内狼藉一片。

　　金枕石脑子还算清醒,自言自语道:"酒乱性,茶清心,古语不谬也,下回,到我七雅园品茶。"

　　"不,斗茶怎么样?"田依农发起了挑战。

　　"好,一言为定,新茶上市后七雅园斗茶。"

　　阳春三月,田依农、谷正黄、谢琴语、柳拂云、钱梦村等几人聚到了金枕石的七雅园。

　　这七雅园在娄城东南角,因花雅、树雅、石雅、水雅、亭台楼阁雅、书画雅、主雅客亦雅而命名为七雅园。

　　金枕石在临水的双梧水榭摆好了紫檀木的长几,与一溜矮脚官帽椅。落座后,金枕石告知,今天他乃裁判,其余五人自带茶叶自带杯盏,从色香味形诸多方面,一决雌雄。并宣布茗战开始!

　　好家伙,一个个都是有备而来,田依农取出宜兴丁蜀镇的紫砂提梁壶,谷正黄则是明德化窑三足白瓷杯,谢琴语的是一只出自嘉定著名竹雕艺人之手的老竹根

茶碗,柳拂云则是一只清光绪年间的粉彩百花茶盏碗,钱梦村拿出的是一副脱胎漆茶具,茶壶、茶杯上均绘有双龙戏珠图案,一看便知非寻常人家所能有的。

常言道"美食不如美器",正当几个人各自夸自己的茶具如何古雅上档次,争执不下时,金枕石取出一只似玉非玉,而又晶莹剔透的杯子说:"争啥争,能比过我这只西洋玻璃杯吗?"

真让众人大开眼界,不期世间还有这等稀罕物呢,据金枕石说:此乃产自西洋,钱再多也难买到。于是,无人再争,惟称奇而已。

比过杯子后,第二轮为嗅茶香,为干嗅,即直接闻茶香。田依农带的是君山银针与蒙顶黄芽等黄茶,谷正黄带的是西湖龙井、东山碧螺春等绿茶;谢琴语带的是祁门红茶,柳拂云带的是云南兰贵人茶与普洱茶,钱梦村带的是武夷铁观音、大红袍等,金枕石或记之甜香,或记之焦香,或记之清香。干嗅结束后,进入第三轮为观型,即看茶叶之形状。金枕石细辨之,或嫩芽嫩叶,或一旗一枪,或细若新眉,或状若蜂翅,或茶条卷曲,白毫似霜,或状如砖块,有形有味。

金枕石认为前三轮属铺垫,很难拉开得分,决出胜负,关键要看第四轮的冲泡。

冲泡后,金枕石再一一闻过,这叫热嗅。全枕石不愧为品茶老手,他把柳拂云的茶盏碗拿过来,先把盖子反过来闻了一下,又把茶盏碗放鼻下闻一下,再拉到耳边,再移到鼻下,反复数次,才算闻罢。他说惟如此,方能鉴别出那杯茶的香味醇厚,香味久长。他一会儿说钱梦村的茶水香味尖锐,直冲鼻子;一会儿又说谷正黄的茶水属幽香型,其香缓缓,沁人心脾;一会儿又说田依农的茶水香而甘,甜而清,闻之神清气爽。

热嗅之后是观汤色。有意思,这一杯杯茶,或似黄金汤,或如碧绿泉,或呈白玉色,令人生出一尝为快的感觉。

看过汤色后,进入第五轮品味,这是最关键的,茶叶再名好、形好、汤色好,最后还得落实到味道如何上。

金枕石喝过钱梦村的铁观音后,试探着问:"是东山莫厘峰的山泉吧?"让钱梦村吃惊得以为金枕石能掐会算。金枕石又以十分肯定的语气对柳拂云说:"你这水为长江口入海处的活水,而且是晴日卯时之水,因此透着一股鲜活之气。"柳拂云惊得目瞪口呆。品过田依农的茶水后，金枕石想了想说："这是无根之水，而且是夏雨之水。"田依农连忙说："对对对，这是去年夏天，第二场夏雨时积的天落水。"金枕石喝过谷正黄的碧螺春后，连说："可惜了可惜了。"谷正黄忙问："可惜在何处？"金枕石说："此茶原名吓煞人香，乃茶中极品也，你用的是隆福寺通海泉的井水泡的，对吧。这泉在娄城亦可算水之上品了，但冲泡碧螺春如果用上我的好水，那么就是天下绝品了。"

什么，难道他金枕石还藏有仙水不成？

金枕石见大家不信，叫下人去取水烹茶，冲泡后，哇，果然异香扑鼻，甘甜爽口，有齿颊留香之感。

大家一起追问："此乃何方仙水？"

原来是隔年的梅花雪水。这金枕石的七雅园有多株百年老梅，去年冬一场大雪后，金枕石把附于梅花枝上、瓣上、花骨朵上的积雪一一抖落瓮中，满一瓮后，用丝绸扎口，再盖上盖，然后埋于老梅树下。若取出，须一次用之，如再隔日，味儿即大变。此水之金贵可想而知。

大家极是佩服。田依农说："我等几人再互斗不服，岂不班门弄斧，贻笑大方。"

柳拂云接口说："是啊是啊，看来品茶王之头把交椅非枕石之莫属，我辈甘拜下风矣。"

谢琴语提议，以茶代酒，敬枕石兄一杯。

谷正黄原本想争个第一的，现输了，不能不服，但内心总有点儿不甘心。续过茶后，他说："今日茗战，斗的是茶。大家兴儿正酣，不如继续。"他见大伙有点惊讶，就解释说："下一轮仍以茶为题，来个斗茶诗茶联如何？"

在座的一致喊好，并定出了规矩，至少两句一联，如讲不出出处的要扣分。

谷正黄说："我来抛砖引玉。"他胸有成竹地说道："北苑将期献天子，林下雄豪先斗美……斗茶味兮轻醍醐，斗茶香兮薄兰芷……众人之浊我可清，千日之醉我可醒……"谷正黄一口气背诵后，有点傲气地说："此乃有名的北宋范仲淹的《斗茶歌》。"

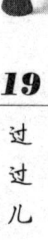

金枕石知道谷正黄是冲着他来的，不慌不忙吟道："踏遍江南南岸山，逢山未免更流连。独携天上小圆月，来试人间第二泉……"

"能说得出出处吗？"谷正黄有点咄咄逼人。

金枕石笑笑说："此乃苏东坡《惠山谒钱道人烹小龙团，登绝顶，望大湖》诗。不信，可查东坡诗集。"

因事先没有准备，一下子要吟出原句，讲明出处，是有点儿难度的。在谷正黄的催促下，柳拂云吟道："何须魏帝一丸花，且尽卢仝七碗茶。"诗是好诗，句亦好句，柳拂云只记得好像也是苏东坡的，但讲不出原诗题目。

田依农为让柳拂云再想想，接口吟道："筠焙熟茶香，能医病眼花。"他不等谷正黄发问，很自然地说道："这是黄庭坚的《寄新茶与南禅师》一诗中的句子。"

谢琴语想到了"酒壮英雄胆，茶引学士文"一联，但就是不知出处，后来又想出了"竹写梅花月，茶煎谷雨春"，好像是茶联，仍无出处，不禁有些自惭。他见金枕石朝自己轻轻说道"卢仝七碗茶"，受此触动，突然想起了卢仝的《走笔谢孟谏议寄新茶》中的"天子须尝阳羡茶，百草不敢先开花"。

金枕石觉得雅聚无非图个雅趣，图个皆大欢喜，于是他提议由谷正黄当茶司令，再一人一联，不讲出处，讲不出罚牛饮。

这提议好。

由金枕石的"驱愁知酒力，破睡见茶功"开始，接着谷正黄以"煎茶留静者，靠月坐苍山"续下，之后，田依农吟出"茶兴复诗心，一瓯还一吟"，谢琴语以"诗情茶助爽，药力酒能宣"过关，柳拂云顺着谢琴语的思路道："茶爽添诗句，天清莹道心。"就这样你一句我一联，直到夕阳西下还意犹未尽。

最后，金枕石取出文房四宝，挥笔写下"茶道"、"清心"、"怡情"、"和、敬、清、寂"、"茶吾终生友"等条幅，分赠各位。

谷正黄临别时说："由我写《七雅园斗茶记》。"

可惜谷正黄的《七雅园斗茶记》传到后辈手里，在"文革"时被造反派一把火烧了。惟金枕石撰写的《娄城志》对此次斗茶提到了一笔。

盆景王

> 这盆景,价钱不菲,却高雅脱俗。送者拿得出手,收者受之无愧。

乐野鹤何许人也?

娄城的年轻一辈恐怕不甚了了。不过政协文史委编的《娄城文史资料辑存》有一期曾发过三篇纪念乐野鹤的文章,或称他种花高手,或称他盆景专家。遗憾的是乐野鹤在"文革"时因种花养花而被批斗,说他资产阶级情调,说他修正主义倾向,说他玩物丧志……

小将们乒乒乓乓一阵砸,把不少釉盆、瓷盆、紫砂盆掷了个稀巴烂就扬长而去。这所谓的破四旧比挖他乐野鹤心头的肉还疼,他一口血喷出,眼前一黑就软软地倒了下去,没拖多久就魂归九泉。

临终前,他把儿子乐胜天招到床前。"盆景,那、那些盆、盆景……"话没说完就去了,也不知是想对儿子说那些盆景艺术不能丢,还是要告诫儿子以后再别像老子似的玩什么盆景了。

不管怎样,父亲的死,以及父亲的那些盆景给少年乐胜天留下了刻骨铭心的印象。

乐胜天从小就乖巧,譬如那天小将们砸了盆景,他

等人散尽后,把所有的盆景树桩全种在了后面的院子里,剩下的盆盆罐罐,他在后院挖了个坑,一股脑儿埋了。

自父亲去世后,乐胜天再没在后院种一棵花,拔一根草,任那些花花草草自生自灭。后院多年来既不荒芜,也不诱人。因杂草丛生,似乎成了被人遗忘的角落。惟乐胜天有时会对着后院呆呆地看半天,想半天。

进入80年代,"文革"的阴影渐渐淡了。

或许是他骨子里的那个花木情结。他终于跨进了后院。当年他种下的树桩盆景,有的枯死了,有的疯长得不成样子,也有老态依旧,依稀能辨旧时貌旧时颜的,乐胜天把那些当年埋下的老盆一一起出土,把那些活下来的树桩,一一修剪后,根据树桩的大小、造型,一一选盆上盆。

这一切都悄悄的,乐胜天不事声张,他不想让外人知道,只想告慰父亲。

经十来年工夫,乐胜天已恢复、培养了不少拿得出手的盆景。

可能是他太爱花木,太爱盆景了,1991年时,他索性干上了花木个体户。

乐胜天觉得他父亲种花养草,仅是怡情养性,无非是老派文人的做法,头脑里少一根经济的弦。

乐胜天经营花木后,常拍一些花木照片,盆景照片,寄到报社,并言明不要稿酬,只要注明乐胜天拍摄即可。

他还结识了市报、省报的一帮记者,娄城那些摇动笔杆子的也时常被邀请到他的胜天花圃小聚,临走,必每人送一盆花木,那年月,人们的胃口小,送一盆绯牡丹或白雪光之类的仙人球,他们就高兴得很了。后来逐步升级,也无非是送盆蟹爪兰、冬珊瑚等,个别的送盆兰花或昙花,会让他们激动半天呢,这种感情联络的结果是,乐胜天的名字与胜天花圃的名字隔三差五会在报上或某些文章里见到。慢慢,娄城的,以及娄城附近县市的都知道,娄城种花养盆景的乐胜天,其技术了得,堪称盆景王。

有了点儿名声后,乐胜天把主要精力放到了盆景上。他制作的盆景以树桩盆景为主,也兼营山水盆景。他的盆景定价奇高,一般不还价,他自谓货真价实,你要买就买,不买拉倒。

有些事就是怪,他乐胜天愈这样,生意愈好。

他常常对朋友对客户说,这年头,送钱送物,不如送他胜天花圃的盆景。这话也是,送钱怕烫手,送物太惹眼。这盆景,价钱不菲,却高雅脱俗。送者拿得出手,收者受之无愧。即便上头来查,一盆花木,说到天边,也不怕你说是行贿受贿。

或许是这个心照不宣的原因吧,胜天花圃的生意日渐红火。

乐胜天本事不小,娄城的不少头头脑脑他都认识,都来往呢。

有次,他到汪局长家,见一盆枸杞,长约尺余,粗可盈握,那老干斜挑出盆,奋首向上,那长条几枝,参差下垂,端的是好造型。乐胜天估计这株枸杞至少有四五十年树龄,不是千儿八百能买下的。若是养护得好,枝条上红得滴血的枸杞子耀人眼目,再间以几片黄灿灿的叶子,那必美得令人叫绝,可惜这位局长大人显然不谙此道,那枸杞子已干瘪,早失去了光泽,给人一种落暮、萧条的感觉,若不及时抢救,必枯死无疑。

乐胜天深知这盆枸杞盆景的价值,他试探着说:"汪局,这盆景不消十天半月就只能当柴烧了,殊为可惜。是不是这样,我送一盆山水盆景给你,换你这盆,我带回去救救看,救活了是我的造化,救不活也算尽我一个爱花者的心意。"这一番话入情入理,汪局欣然同意。

乐天胜回去后,挑了一盆名为《白银盘里一青螺》的山水盆景给汪局送去。这是一只长方形的汉白玉浅盆,主景采用山东青州山区的石灰岩,那主景石头如水成岩似的一层层纹理极清晰,且造型富有变化,另一块石头小些矮些,给人遥相呼应的感觉。这山水盆景,有水亦可,无水亦可,无须服侍,不会枯死。汪局一见,喜欢非常。他把枸杞盆景给了乐胜天还觉欠了他的情。

乐胜天回去后,花一年多时间精心养护,竟被他起死回生,到第二年结果后,他拿到外地卖了大价钱呢。

尝了这次甜头后,乐胜天时常留意那些头头脑脑家的树桩盆景,一经发现有价值的盆景,他就盯住不放,他深知,这些局长、主任、总经理什么的,有几个真正懂得盆景?这些盆景早晚逃不脱枯死盆中的命运。他就投其所好,或送龟背竹、或送山茶花、或送君子兰、或送艺术盆景,反正以艳换黄,以生机换垂死,竟先后被他换到了百年雀梅桩与百年真柏

桩盆景,其中有一棵名为"闻鸡起舞"的榕树桩盆景据说已有两百多年树龄。还有一盆"春风拂面",乃桎柳树桩,救活后,但见苍老古朴的主干上,柔枝几条,临风摇曳,婀娜多姿,倔强与妩媚相统一,真所谓刚柔相济,均为难得的珍品。

这一进一出,乐胜天既大赚了一笔钞票,又净赚了一笔人情。

乐胜天常常感叹他父亲生不逢时。

荷 香 茶

> 裘一鸣心不在焉地听着,他的眼睛却如鹰隼般扫视着每片叶,每朵花,从不同的角度捕捉着别具一格的画面构图。

周家世居古庙镇好几代了,早先是镇上的大户人家。到周寒冰父亲这一代,已败落了。所幸的是周寒冰父亲留给了他一栋平房。房是老房子,不起眼,院子很大,院中还有个小水池,依稀能见旧时私家园林的轮廓。

周寒冰最喜欢的是周敦颐的《爱莲说》,认为这是周家的骄傲。虽说查了几次也未查到他是周敦颐一脉后裔的文字证据,但他自认为至少是周敦颐的精神后裔。

有了这种想法后,他把业余时间全放到了种荷上。他把淤塞的小池拓宽拓阔,把池中之泥堆成土坡。坡上植梅,池中种荷。开春,他欣赏"小荷才露尖尖角,早有蜻蜓立上头"的景色;入夏,他陶醉于"映日荷花别样红"的意境里;深秋,他体会"留得残荷听雨声"的趣味。

渐渐,周寒冰不满足于一般性地种一池荷花了,他开始搜寻荷花佳品,功夫不负有心人,他先后觅到了大洒锦、重台莲、并蒂莲、红千叶、寿星桃、千瓣莲、大碧

莲、中日友谊莲等名贵品种,像大洒锦,花型大,香味浓,颜色奇,白底红边蓝镶条,宛如荷花中的皇后。周寒冰对这亭亭净植,香远益清的花中君子爱之日深,推而广之,他又爱上了碗莲,他种了一盆又一盆,其中有"白雪公主"、"娇客"、"娃娃莲"、"醉杯"等皆是名品名种。几年下来,他家里,院中有荷,池中有荷,窗台有荷,书桌上有荷,大大小小,一百多盆,每到夏秋之际,周寒冰观叶观花观莲,真所谓其乐无穷。

他客厅里挂的是《墨荷图》、《菡萏图》、《接天莲叶无穷碧》,书桌玻璃台板下压的是他自摄的荷花照片,他还请同邑的大书法家苏人望先生题写了"国香轩"的斋名,一看便知主人乃真正爱荷人。

常言道"物以类聚,人以群分",周寒冰交结了一帮荷友,荷花盛开期间,隔三差五小聚赏荷。偶尔还有外地光临小镇的文艺界朋友慕名前来赏荷呢。

凡有客至,周寒冰必以上好的碧螺春茶待客。若是稀客,又是性情中人,若他提前三天知道的话,周寒冰就以荷香茶来待客。

据说荷香茶乃元代大画家倪云林之发明。

周寒冰待夜色漫开,暑气消散后,取龙井一撮,用洁净的白纱布包之,然后选一朵晨来刚开的荷花,放在莲房之上。荷花特点,朝开暮合,夜晚放入,那茶叶即被荷花瓣包裹住了。待清晨荷花绽放时取出。吸收异味乃茶叶之特性,尤以龙井为最,这一小包龙井茶经一夜之吸收,荷香尽吸其中,花露也尽吸其中,可挂阴凉之处晾干,夜来再放入,晨来再取出,再晾干,如是三夜,此龙井茶叶既得荷花之馨香,又得天地之精华。再用洁净之水泡之,立时清香扑鼻,闻之荷香缕缕,呷之沁人心脾,即便最挑剔的老茶客也常常赞不绝口。

荷香茶有季节性,因此能在周寒冰家喝到荷香茶的并不多。

一日,娄城的摄影家裘一鸣打电话来说要拍些荷花照片。

裘一鸣以拍花鸟鱼虫照片见长,特别是拍静物,确实有自己独特的心得。

这次海内外数家单位联合举办"97国际荷花摄影大赛",这是国际性大赛,裘一鸣自然看重,拍花本是他的强项,他一副志在必得的样子。据说不少参赛者都涌到苏州拙政园、南浔小莲庄去取景头了。裘一鸣寻

思,园林里的荷不免大路货,且你能拍,他也能拍,缺乏与众不同的竞争力。如何发挥静物的特点,又在取景上避免雷同呢?裘一鸣想到了周寒冰家的荷花。说起来仅一面之交,交情不深。不过无妨,裘一鸣甚至认为有些事,浅交比深交好,君子之交淡如水嘛。

裘一鸣在娄城文艺界是有点知名度的。周寒冰对这位同道的拜访,很是高兴,已预先准备了荷香茶。如今古庙镇也用上了自来水,或许是水质污染的关系,用自来水烧开后泡出的荷香茶那味总逊色好几分。因此周寒冰都是用井水的。当然,按古人说法,最好是无根之水,即天落水。也是巧,前天一场雨,周寒冰收好一小缸夏雨水呢。

裘一鸣一到,好客的周寒冰就要泡荷香茶待之。裘一鸣摆摆手说:"先别忙喝茶,早晨的光线最柔和,最适合拍带露荷花。先拍摄,再喝茶,好不好?"

这种艺术家的敬业态度立时博得了周寒冰的好感。于是,两人来到院中,周寒冰如数家珍地一一告知这盆叫什么名,那盆叫什么名,这盆以花型大闻名,那盆以香气足传世……

裘一鸣心不在焉地听着,他的眼睛却如鹰隼般扫视着每片叶,每朵花,从不同的角度捕捉着别具一格的画面构图。"好花,太好了。"不一会儿,他就沉浸在自己的发现之中,似乎已忘了周寒冰的存在。

周寒冰倒并不在乎他这种态度,他反认为搞艺术的就该有这种痴迷劲头。

裘一鸣拍了几张后,发现周寒冰一直在身边陪着就对他说:"你忙你的,我一个人拍,静心些。"

周寒冰想想也是,怕干扰了裘一鸣的构思,就悄悄回了屋。他泡好了荷香茶,只待裘一鸣拍好,一起赏荷品茗,聊上一聊。

裘一鸣整整拍了两个小时才恋恋不舍地回到屋来,那脸上抑制不住兴奋。他望着那满院的荷花说:"如果我家有这么多荷花,每天早上来选景拍几张,不获奖我不姓裘。"

"随时欢迎你来拍。"周寒冰很真诚。

"我走了,荷香茶下次来喝。我得赶紧回去冲印出来,所谓先睹为快。"

周寒冰虽觉遗憾,却很理解他。一直把裘一鸣送到门口。

送走裘一鸣后,周寒冰才发现裘一鸣为拍摄到理想的荷花图,做了不少所谓的艺术加工,诸如这盆摘掉一柄荷叶,那盆剪掉一朵荷花插在这盆里,或者剪了几盆的莲子,集中插一盆中……

周寒冰对荷花盛情之深,有如生命,他甚至连残荷都轻易不剪枝修叶,没想到裘一鸣他会如此对待神圣的荷花。周寒冰对他的好印象一下丧失殆尽。周寒冰气呼呼地回到屋里把为裘一鸣泡的荷香茶泼了。心里想,幸亏他没喝,他这种人不配喝荷香茶。

古 兰 谱

> 老爷子喜欢了一世人生的书,喜欢了一世人生的兰花,可到头来,仍穷酸一世人生。

那一天,天阴沉沉的。连着十多天不出太阳了,影响到人心情也阴郁郁的,最恼人的还时不时飘起细细密密的梅雨,弄得天地间湿漉漉一片,再有闲情逸致的人也给这天气败坏了好心绪。

自从老爷子脚一伸去后,家里的花花草草,萎的萎,死的死,一派肃杀。阿孝也懒得去侍弄这些花草。反正名贵兰花,像"绿云"、"宋梅"、"西神"、"老文团素"、"程梅"、"大一品"等,老爷子伸脚前,托付的托付,送人的送人,早十去八九,剩下如"大富贵"、"泰素"等珍稀点儿的,也几乎全给阿孝出手换了一张张"四人头"票子。

阿孝翻箱倒箧好几次了,家里除了几本破破烂烂的陈年旧书外,老爷子的遗物已寻不到什么了。

"蠢!蠢!"阿孝越想越觉老爷子蠢,一辈子就这样读书读呆了,养花养傻了。老爷子在世时,这几本破书宝贝得什么似的,没事时,翻着看着,圈着点着,似乎古人写的书还不如他的。老爷子喜欢了一世人生的书,喜欢了一世人生的兰花,可到头来,仍穷酸一世人生。

正七想八想时,麻麻细雨中,一陌生客来访,说是来拜访阿孝老爷子的。

"归西啦,去阎王爷那儿找吧。"阿孝不想搭讪老爷子生前的这些花友,所谓话不投机半句多。

来人一听阿孝老爷子已过世,唏嘘叹息了一番,随即问那些兰花下落。当听说早成了他人之物的消息时,连连跺脚,说:"晚来一步,晚来一步!"

陌生客又问阿孝:老爷子生前有否种花书籍种兰心得的资料留下?

阿孝脑子里突然闪过一个念头:与老爷子一样蠢的蠢货来了!阿孝故意卖个关子说:"有啊,只是老爷子生前关照:这是传子孙的。"说罢闭口不语,静候来客反应。

陌生客怔了怔,说:"常言道物尽其用,既然你家已不种兰花了,兰谱放着也无大用倒不如转让于我。至于价钱嘛,好商量。"

多年前,陌生客曾来过古庙镇,打听得阿孝老爷子手头有本古兰谱《兰惠秘诀》,曾专程去拜访,意欲觅宝。当时他出价到800元都未能如愿。只是阿孝不知道这些曲曲拐拐罢了。这次,他带足了钱,意在必得。

阿孝一听价钱好商量,犹如见财神爷突然降临,全身每个细胞都活泛起来,阴湿心绪一扫而去,几乎按捺不住而跳起来,但阿孝总算稳住了自己激动的心情,故意淡淡地说:"上次一个绍兴客人出价500元我还没出手。"阿孝见陌生客没反应,心想大概500元开价把他吓住了,但转而一想,这种人不斩,还能斩谁?再说头戴三尺帽,任人斩一刀。他若精明点儿,也可还斩我一刀嘛。阿孝辨貌察色后,又说:"书是陈旧了些,但到底是老爷子的遗物,不舍得哪!"

陌生客终于很大度地说:"我出600元,买下了。我与你老爷子也算亦师亦友的关系,这本兰谱就当留个纪念吧。"

阿孝想想开心,每个汗毛孔都要笑出声来。这种破书卖到收旧货的手里,三钱不值二钱,换包香烟也不一定能换来,不想今天碰到了个"阿曲死",瞎斩斩,竟斩到600元。可见天底下蠢货总是不会绝的。

陌生客拿了兰谱后,在阿孝老爷子遗像前,恭恭敬敬地磕了三个头,嘴里喃喃有词,不知在说啥。

阿孝只盼他快走,只怕他反悔。

陌生客一出门,阿孝长舒一口气,冲着来客背影极快活地吐出一声:"蠢货!"

蒋师爷

> 只有蒋师爷自己知道，如果再出席这类雅集，早晚非出洋相，不如藏而不露让人猜不透。

蒋师爷的嘴人称蒋铁嘴，蒋师爷的笔人称蒋铁笔。据外界传，这蒋师爷能把活的说成死的，能把死的写成活的。

蒋师爷也很为自己的嘴和笔骄傲。有次他与朋友一起喝了点儿酒，就嘴上没锁了。他说江湖上有一笑话，说有人吹嘘"天下的文章绍兴最好，绍兴的文章我表哥最好，我表哥的文章，叫我修改修改"，其实并非是笑话。老婆是别人的好，文章是自己的好，古来如此，天下通行。敢说这话，肚皮里必有几分货色。请问在座的诸位，谁敢说，天下的文章他乃第一？

没有一个人接茬，大伙儿认为他在说醉话了。

蒋师爷见无人接嘴，颇自负地说："诸位仁兄不敢，我敢。我要说：天下文章娄城最好，娄城的文章我先父最好，先父的文章，我在整理、修改、润色。"

一座人鸦雀无声，一座人讶然不已。

青出于蓝胜于蓝是个说法，不过通常乃褒扬他人之语，无非是胜过自己师傅，哪有自己说自己胜过老子的，这太狂了吧。好在大伙儿当他醉了，不去计较他。不过常言道"酒后吐真言"，既然他如此大言不惭，其人脾性可知。这事传将出去后，毕竟惹得城里城外一帮吃笔杆子饭与吃嘴皮子饭的文人很是不快，可不快归不快，谁又奈何得了他呢？论写，写不过他，论说，说不过他，惟有让他一个人吹，惟有干瞪眼，干生气。

蒋师爷酒后一席话，得罪了同行，谚曰"同行必妒"，更何况蒋师爷如此狂傲。于是，心胸窄点儿的几位同行总想找个机会出出他的丑，以便煞煞他的傲气。

机会终于来了，娄城出了桩案件——刘员外的千金与穷秀才天华相好，刘员外因天华无功名，坚决不准千金与之来往。两人只能暗地里来往，可没有不透风的墙，刘员外知晓后，亲自带了家丁设伏，准备打断天华一条腿，也好让千金死了这条心。

天华在黑暗中遭突然袭击，条件反射般地抵挡着，千金为救心上人，奋不顾身冲出来，谁知被家丁误击一棍，因当头一棍，医生未到，已先毙命。

刘员外伤心至极，他告天华夜闯民宅，以图不轨，因遭千金反抗，转而杀人灭口。

天华大喊冤枉。

但最后还是判了秋后斩决。为了免遭民众议论，判决书上有"情有可原，罪无可恕"八个字。

此案的冤情被人揭露后，街谈巷议，人心沸沸。可是老爷已判了，能改吗？这可是个棘手案子。

那一班人放出风声，说只要请出蒋师爷没有打不赢的官司，从舆论上逼蒋师爷蹚这股浑水。

蒋师爷难却众人面子，接了此案。

也不知蒋师爷施了什么法道，竟凭他三寸不烂之舌，说服了县老爷重判。把"情有可原，罪无可恕"八个字颠倒了一下位置，改成了"罪无可恕，情有可原"，既然情有可原，自然可免了秋后立决。

好个蒋师爷，果然了得。这事后，蒋师爷越发把名头打得亮亮的。

那一帮当初想出蒋师爷丑的，万万没有想到反而成就了他，一个个心里不平衡。

有人说蒋师爷无非是一肚皮坏水，一脑子歪点子，真要登大雅之堂，未必上得了台面，总而言之，非挫挫他的锐气不可。几个人策划来策划去，相商出搞个金秋雅集，向蒋师爷发出了请柬。

蒋师爷是萤火虫吃在肚里——心中透亮。他想，要掂量就掂量，要比试就比试，真金不怕火炼，是驴子是马，拉出来遛着瞧。看看到底谁是娄城的文章高手，笔中魁首。

也亏那几个主办者想得出，金秋雅集地点选在了娄城的土山上。这土山，说山，其实只是个大土坡，无亭无塔，无溪无流，无树无花，内蕴无史，外借无景，要在这鬼地方写出一篇文采斐然的像样文章来，无八斗才恐难以落笔。

人一齐，几个人演戏般地你一句我一句地恭维起蒋师爷来。说蒋师爷的文章如何如何天下无敌手，说蒋师爷的大名如何如何名播远近。因此，一致要求蒋师爷露一手，一致要求蒋师爷先下笔，当场来一篇即景文章。有人已装模作样地拿了纸笔，说要当场誊抄，以便珍藏，以便学习。更有人说蒋师爷的这篇文章一出手，必令娄城洛阳纸贵。

蒋师爷没想到他们会选这样一个无景致无典故的地方，这土山要写出锦绣文章，岂不等于要写出乌鸦的美来，难，太难。

蒋师爷皱眉，沉吟不语。

几个人瞧在眼里，喜在心里。一个个挤眉弄眼的，觉得今天总算难住蒋师爷了，总算可以让他气憋三分。

蒋师爷向东踱七步，复向西踱七步，慢慢踱到座前，援笔铺纸，挥笔写了起来。

……土山者，有其名无其实，非真山也。

土山者，无名乃其历史，有名乃其将来。金秋雅集，娄城名人流连于此，土山之章也，土山之名，从此传也。

土山之山，不阶不雕，不亭不台。

土山之山，无松之华盖蔽荫，无柳之婀娜拂绿，无花之七彩点缀，无泉之飞白挂瀑……

文章一出手,众人默然,内心不能不服。

大家想不通,如此荒坡衰景,这蒋师爷竟也能妙笔生花,写出这等隽永文字。

罢了罢了,若蒋师爷待会儿命我等也来一篇,岂不自寻难堪,自取其辱。何不早点儿脚底抹油吧。于是不等蒋师爷写完,一个个寻个理由溜之大吉。

蒋师爷抹抹头上汗,心想:好悬呐。其实他肚里也就这么几句了,再写,就算搜索枯肠,也难写出几句像样的句子来。

从这天起,蒋师爷越发自视清高了,摆出骄人样子。说归说,蒋师爷的身价确乎越来越高了。

只有蒋师爷自己知道,如果再出席这类雅集,早晚非出洋相,不如藏而不露让人猜不透。

麻将老法师

> 吴太玉已到了无一日不可无麻将的地步,已越搓越精,麻将老法师名不虚传。

吴太玉土生土长的娄城人,属遗老遗少一类人物。娄城典故、轶事,他肚皮里有一本账,人称老法师。

吴太玉近年迷上了麻将,据他考证,娄城还是麻将的发源地呢。

每逢人多,他就要吹一吹,吹起来一条理由又一条理由,听的人不能不信。这后,不少麻友尊称他为"麻将王"、"麻将专家"、"麻将老法师"。

不知哪根筋搭错,他萌生了举办"国际娄城麻将大赛"的想法。

他想得蛮好,麻友中有不少厂长经理、局长主任的,让他们为弘扬麻将文化赞助点应该没有问题。谁知这些在麻将台上慷慨大方的主儿,一听要他们出血赞助都如深秋的鸣蝉——哑了。弄得吴太玉老大没趣。

后来有知己麻友对吴太玉说:"不是没有兴趣,也不是不肯赞助,而是怕上头责怪……"

老法师到底是老法师,他已听出弦外之音。

于是,吴太玉起草了一份《关于举办国际娄城麻将节的设想》的报告，一下打印了几十份，寄给了总工会、文联、文化局、宣传部等不少部门，可惜无一有回音。

这一步棋不行，他开始了第二步棋，去游说有关领导。

吴太玉碰面了几位领导，任他说得口干唇燥，领导意见出奇地一致，通常都是不提倡，不宣传，不反对，也有个别领导对麻将深恶痛绝，认为麻将早晚要禁，举办国际麻将大赛真是荒唐至极。当然，也有领导对麻将很有感情，只是认为举办这样的国际大赛，闹不好会遭舆论的谴责……

这舆论两字提醒了吴太玉，对，我也先造造舆论，争取舆论支持。于是，吴太玉闭门不出，写了《麻将起源娄城初考》、《麻将文化之我见》、《麻将的流传路线与流传范围》、《麻将在海外》等一系列有关麻将的论文与随笔。不期这些文章大受各娱乐性报刊的欢迎，不但以醒目位置登出，还稿费从优。

吴太玉的这些文章，影响最大的是娄城是麻将的发源地，使不少娄城人知道了麻将为什么叫麻将、麻将发明的过程，这极大地刺激了娄城人搓麻将的兴趣。比如有外地客户来娄城，主人会陪客户来副麻将，会告诉他麻将的真正发明者是守粮仓的兵士。元明时，娄城是皇家粮仓储存地，有不少兵士守粮仓，粮仓最忌麻雀。当官的就鼓励兵士打麻雀，并且按打麻雀之多少，年底统一结账领取赏赐，平时每打十只麻雀可领一牌牌，这牌牌市场上不流通，年底是能兑现的，类似早先农村中的记工分。

守粮仓是件寂寞枯燥的事，兵士闲来无事就在地上划格子，摆放小石子赌博，这些牌牌就成了筹码。演化成麻将是以后的事，但麻将牌确确实实与打麻雀大有关系。例如打空枪叫白板；打中了麻雀出血叫红中；古代只有猎枪，一杆枪为一筒，因此有一筒二筒；古代的枪准头不行，打麻雀更与风向有关，故有东西南北风；那时十只麻雀的脚为一串，相当于现今的十根老鼠尾巴，为代表消灭了十只老鼠。这一串那时叫一束；因有输赢，就有一万、二万、三万等等；赢了自然就是"发"，因娄城土话称麻雀为麻将，因此流传下来叫搓麻将而不叫搓麻雀……

吴太玉的文章发表后，还吸引了好几个外地的文化人、记者来娄城考察麻将文化呢。受此鼓舞,吴太玉准备采取逐步扩大的办法来办麻将赛。他自掏腰包悄悄地举办了一个民间性质的"麻将王杯"麻将赛。

吴太玉认为麻将是一种智力游戏,比保龄球之类傻力气活动要有意义得多。他说据他了解:目前世界上,有华人的地方就有麻将。麻将为什么禁不掉,应了黑格尔一句名言:"凡存在的就是合理的。"

理论归理论,真正较量还是在牌桌上。吴太玉已到了无一日不可无麻将的地步,已越搓越精,麻将老法师名不虚传。

不过有时事情常常非常理所能解释得通。自麻将赛以来,吴太玉手气日背一日,摸来摸去,摸不到一只想要的好牌。他脑子再好,人算不如天算,气得他脸都青了。难道冥冥之中有谁真正存心与他过不去?不,不会。否极泰来,好运必不远了,他相信。所谓心想事成,臭牌连连的他竟然来了副清一色。麻将老法师终于可一扫霉气,扬眉吐气了,他把牌一推,喊一声:"清一色!"

或许是兴奋过度,乐极生悲,吴太玉竟然脑溢血猝然而去。

吴太玉的丧事,是几位麻友办的。墓碑是麻将状一块石碑,与麻将的白板无两样。据说此乃吴太玉遗嘱上写明的。他说生前有"麻将王"、"麻将专家"、"麻将老法师"之口碑已足矣,留白板墓碑一块,是也非也,任世人评说吧。

狂士郑无极

> 郑无极巷深轩的齐名换成了陋室齐,那条幅也换成了"踏遍三山与五岳,真山真水遣笔端"。

秋风起了,秋雨下了。

风吹竹叶,雨打芭蕉。因了这风声、雨声,巷深轩似乎愈发静谧了,这样的时候,郑无极是最来精神的,往往抿几口黄酒,吟几首古人词曲,然后铺纸援笔,或山水、或花鸟,信笔涂去,随意勾勒,那山那水,那花那鸟,看着也舒服。情绪来时,再题诗题词于画上,待印章一盖,保证人见人夸,人见人爱。

郑无极外号为"郑三绝",所谓书、字、诗三绝。他也自认为娄城独步,无人能及。这他不谦虚,也用不着谦虚。他画室里挂的就是自撰自书的条幅"骄傲使人进步,谦虚使人落后"。因此,郑无极的另一浑号为"狂士",只是人们当面不叫而已。

这天,风柔柔,雨轻轻,用郑无极的话来说,正是宜画宜书宜诗宜酒的日子,他微醉微醺后,斗笔在手,六尺宣上一阵横扫,画就了一幅《万壑千峰图》,但见画面上重峦叠嶂,飞瀑几折,更兼翠微横存,烟云苍茫,那画当得"气势不凡"评语。郑无极欣赏后,也生出几分满意来，正欲提笔题首诗上去，突然有叩门声，原来市文联主席与市美协秘书长采访，说要举办"娄城书画展"，以展示娄城近年书画界创作实绩。

郑无极一听是娄城书画界每人提供两三幅画参展，立即回绝。他觉得要么不办，要办就是个人画展，与那些二流三流的书画家合办画展，虽有鹤立鸡群之快感，有不怕不识货，只怕货比货的好处，但他宁可不要听那种赞语，他不想自贬身价，低了档次。

文联主席知道他自视甚高，也不与他计较那些傲然孤高的口气，拍板同意了举办"郑无极山水画展"。

郑无极觉得他办画展，凭的是真本事真功底，无须名人名家捧场，因此谢绝一切花篮、贺画贺字，连画展的展标都是他自己书写的。

或许是名声在外的缘故吧，郑无极愈是这样，来看画的观众愈是多，因为郑无极是头一回在娄城公众面前正式亮相，大家都想一睹他的庐山真面目，看看这位郑三绝的作品到底绝在什么地方，掂掂他分量，到底几斤几两，够不够狂的资格。

郑无极的画展可以说是轰动娄城，一百零八幅画，有泼墨大山水，有斗方，有扇面，黄山、泰山、庐山、衡山、嵩山、华山、峨眉山，山山入画，春山夏山秋山冬山，季季有景。大有大的恢弘、小有小的精致，这些山水画，既有即兴创作的，也有临摹仿之的。创作画个性突出，风格毕现，临摹画或仿范宽的、或仿董源的、或仿倪云林的、或仿王原祁的，无不精妙传神，真伪难辨。

尽管圈子里的人对郑无极不把同行放在眼里的傲气多有非议，但新闻界媒体是一片叫好声。电视台播、报纸登，好不热闹。

郑无极对如此褒扬，并不欣喜若狂，他认为此乃意料中事。

一星期后，画展进入尾声，来参观者已大大减少，但仍有不少慕名而来的，其中有些还是外地赶来的呢。

画展结束前一天，有一气质不俗的外地人急匆匆进来，浏览一遍后，翻了翻留言簿，他见留言簿上清一色赞言褒语，一笑放笔而去。

郑无极注意到了此人的举动与表情，下意识追上去说："请留步。"

当此人知道眼前之人即是郑无极时，只说了这样一句："你的画功力非浅，可惜真山真水见得太少。"

这话如剑直刺郑无极的要害，郑无极竟呆了好一会儿才回过神来。

郑无极不到闭馆时间，就草草结束了画展。第二天即打点行装去了黄山。据说他发誓要把名山大川跑个遍，画个遍。

有人发现，郑无极巷深轩的齐名换成了陋室齐，那条幅也换成了"踏遍三山与五岳，真山真水遣笔端"。

高云翼造园

> 园林终于大功告成,高云翼自题匾额为"朴园",意谓朴实无华,与平民共享之园林。

清乾隆年间,书画家高云翼因其题《中秋图》中有"仰望明月思悠悠"之句而被人告发,险招杀身之祸。幸好高云翼名头大,人缘好,有朋友暗中相助,方能免于一死,朋友劝其速速离京,归隐故里,或许能避过此厄运。

其实高云翼早已不想与那班阿谀小人为伍,于是收拾行装,匆匆回了娄城故里。

老屋多年空关,已一派残败景象,令人唏嘘不已。好在高云翼是个随遇而安的人,有一屋栖身,有一桌放置文房四宝,可供其日夕画画写字就别无他求了。

回乡后的高云翼几乎如隐士一般,大门不出,二门不迈,每日里书画自娱,画了撕,撕了画,写了毁,毁了写,大有画不惊人死不休,字不惊人死不休的味道。

第二年金秋十月时,有三位昔日画友修书一札给高云翼,说要来他府上造访,但求再相聚,共赏明月,吟诗作画,乐他一乐。

高云翼想这三位画友都是性情中人,吃差点儿,住差点儿都是无关紧要的,只要美景当前,必画兴大动,诗兴大发。高云翼突然想起隔壁的宜园景色不错,当年还为其画过《宜园四条屏》,春景夏景秋景冬景各一幅,印象中还题写了"春宜花,秋宜月,夏宜凉风,冬宜晴雪;景与兴会,情与时适,无乎不宜,则名之曰宜园也亦宜"。

应该说,两家私谊向来甚笃,只是这次回来,未曾去拜访过。高云翼决定过府见礼,顺便商量借园一用之事。高云翼觉得在宜园临水的寒碧舫品茶饮酒,绘画吟诗,一定雅趣无限,也让这三位来自北方的画友领略一下江南园林的柔美之趣。

谁知高云翼一开口,宜园主人面露难色,他说:"私家园林只宜家人赏玩,外人进之,恐有不便,非我小气也,还望见谅。"

高云翼知道,说穿了,还是怕这班文人连累他家。

回到家的高云翼气得恨不得抽自己的嘴巴,从不求人的他,这回怎么会贸然开口,碰这样的软钉子简直让他窘得无地自容。

气也气过,恨也恨过后,高云翼动了自己筑园的念头,只是无地无钱,筑园谈何容易。常言道靠山吃山,靠水吃水,自己无山无水,无权无势,只有涂鸦几笔的一技之长,好吧,来个靠画吃画,以画养园吧。说干就干,高云翼自撰一启事,言及欲以画筹资筑园一座。具体条文有"以物易物最佳,凡欲收藏云翼画者,盖一石换一石,一木换一木,一花换一花,一屋换一屋,早来早换,晚到不候……"高云翼之画,坊间向有"云翼一幅画,国朝十锭金"的说法,多少人欲求其画,高价购不到,如今有这等好事,不消几日就传遍娄城,还传到了邻县邻州。

这后,高云翼再不轻易撕画毁字了,每日里或山水或花鸟,日课一画,手不辍笔。

高云翼的第一幅《娄江春晓图》换得了城郊独龙湾一块废弃之地,这儿竹林连片,杂草丛生,是狐獾出没之地,是乡民丢弃垃圾之地,多年来,从没有人正眼瞧过此处一眼,然高云翼却十二分满意,因为这儿坡地,坎坎坷坷;溪水,曲曲弯弯;野树,高高低低;乱石,嶙嶙峋峋;且周围稀有人家,乃安静之处,以高云翼审美情趣,实在是筑园佳选。

娄城首富钱寅啸愿捐资建造远香阁、探梅小筑、静修堂;娄城耆宿王百瑜老先生运来了一高一低两峰太湖石,一曰瑞云峰,一曰玉玲珑;盐商后人蒋千里也遣人送来了洛阳枯枝牡丹,与荷花名种大洒锦、千瓣红等……

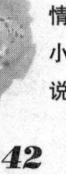

高云翼——兑现诺言,仅一两个月,竟已基本备齐了造园之材料。

兴奋之余的高云翼实地勘察那块废弃之地,来了个随形设计、顺其自然,又请人除恶草、砍乱枝、疏浚河道、掩埋垃圾,再铺草皮、植花木。他的基本宗旨是多栽树少造屋,谓之自然即美。那园林之庭院之小径,也往往以仄砖、碎石铺地,以砖为骨,以石填心,不加灰浆,那花纹或冰片式,或八方式,或海棠式,还有的用碎瓷拼成鱼鳞莲瓣,皆废物利用也。高云翼用李笠翁语告之匠人:"牛溲马勃入药笼,用之得宜,其价值反在参苓之上呢。"

可能是高云翼造园之事在娄城已成市民饭后茶余的话题,故想先睹为快的大有人在。谁知高云翼一概挡驾,并约法三章:一、不求精美豪华,但求返璞归真;二、不求按日按时竣工,但求自成一园,不与他同;三、未成之前,谢绝莅观。

高云翼拒人于门外的做法,引起了不少议论,也愈发撩拨得人心痒痒的,都想看看大画家高云翼设计之园林到底特色在何处。

高云翼我行我素,坚持不让外人参观,他说:"草木如名节,久而后成,未成先观,日后焉能有好印象,今日之园林,石径之苔藓未生,亭台之青素刺目,且慢观之。"

两年后,园林终于大功告成,高云翼自题匾额为"朴园",意谓朴实无华,与平民共享之园林。

园成之日,高云翼贴出告示,广而告之,欢迎娄城百姓、四方朋友游园赏园,但只能观之评之,不能折枝摘花,有损园林。

娄城为之轰动,远近为之轰动,参观者络绎不绝,时人评之为娄城第一名园。

看着游人高兴而来,满意而去,高云翼欣慰溢于言表:"我愿足矣,我愿足矣!"

高云翼临终前,留下遗言:"鬻吾朴园者,非吾子孙也。以一树一石与人换利者,天必谴之……"并令后辈刻石立碑于园中。

补记:

近年基建时,掘得残碑于园中,字迹依然清晰可辨,目前残碑已被市博物馆收藏。只是一代名园已无迹可寻。据老娄城说朴园始毁于太平军,后毁于日本人之炮火,再毁于50年代平园造地。

盼　头

> 或许是遗传因子在起作用吧，儿子的笔极有灵性，那一幅幅画充满了童趣。

陆渺渺对画家比对一般人高看一眼。她也爱涂涂抹抹，她也想当画家，这想法隐隐约约，因为她觉得她与画家之间还有一段距离。

自从陆渺渺认识了青年画家娄妙笔后，她觉得圆画家梦不会是很遥远的事了。

常言道"近朱者赤，近墨者黑"，陆渺渺嫁给娄妙笔后，她有嫁给了"妙笔"的感觉，她的画确乎有长足进步。

也许比起一般的新婚家庭来说，陆渺渺与娄妙笔只能算是"贫下中农"，家具简陋到不能再简陋。小夫妻俩收入的大部分投入到了画画上。娄妙笔是搞油画的，买油画布、制油画木框，买油画颜料等等都挺费钱的。但陆渺渺无怨无悔，她相信丈夫娄妙笔迟早会脱颖而出，她甚至觉得娄妙笔天生是大画家的料。她觉得生活很有盼头。

陆渺渺与娄妙笔确实称得上"夫唱妻随"的典范。有人预言：若干年后，娄城将出现一对让画坛刮目相看的画家夫妇。

遗憾的是这个美好的预言结果并不美好——娄妙笔在被选拔去法国深造的前几天,在一次意外的交通事故中被撞身亡。

仿佛天塌了,仿佛地陷了,陆渺渺哭得死去活来。这个突然的打击,对她来说,犹如把她生命的一大半掏空了,她甚至觉得活在这个世界上没有什么意义。"在天愿作比翼鸟,在地愿作连理枝。"说起来是诗人的夸张与浪漫描写,陆渺渺此时就有这种想法,她愿追随娄妙笔而去。可她不能,肚子里的孩子已三个月了,这是妙笔的骨肉,这是两人爱的结晶呵!——再难再苦,我也要把孩子生下,把妙笔的遗腹子抚养长大——这成了陆渺渺惟一的想法。

陆渺渺一个人拖一个孩子,本来生活已够艰辛了,加之娄妙笔生前因外出写生买资料等拉下了一屁股的债。虽说没人来讨债,但陆渺渺是个要强的女人,她咬咬牙,还。

以前妙笔在时,生活苦是苦些,可苦中有乐,生活有盼头,如今,还有什么盼头呢。陆渺渺一见画就会勾起往日的回忆,就会触景生情,就会伤心不已,因此自妙笔去后,她再没碰过画笔。

陆渺渺毕竟还年轻,长得不俗,气质又高雅,于是,多位好心人来给她牵线搭桥,劝她重组一个家庭,下半辈子也好有个依靠。

开始陆渺渺一概不睬。她内心有这样一个想法:曾嫁给了妙笔这样出类拔萃的男人,怎么再嫁给一般的俗人呢。只是她没明说。

陆渺渺的心理防线,在亲戚朋友的车轮大战下,开始松动了。

是啊,都90年代了,难道还从一而终?不,我不是守节,不是要贞节牌坊……

那,那又是为了什么呢?

也许是为了昔日的那份纯真美好的情分吧。

"如果你真对妙笔好,就嫁个条件好点的,让孩子过得舒服些,日后也有条件培养他,若跟着你受苦受穷,孩子将来没大出息,你对得起妙笔吗?千年后如何向妙笔交代?"

这话击中了陆渺渺的要害,害得她大哭一场。

哭罢,思前想后,想前思后,罢了,嫁!

这次,陆渺渺嫁给了一个乡镇企业的厂长。

厂长这次是续弦。他完全有经济能力,也完全有可能娶一个风骚靓丽的小妞作老婆,但他没有,他认为那些女孩最多只能逢场作戏,不会有真感情。他需要的是一个能在交际场合带得出去的女人,画家老婆,这档次不低。

平心而论,厂长对陆渺渺不错。

陆渺渺平生第一次有了金项链、金戒指、金耳环,有了法国香水,有了意大利皮鞋;平生第一次享受了桑拿浴,享受了全套美容服务,还学会了打保龄球、打高尔夫球,平生第一次坐了飞机,住了星级宾馆;平生第一次尝到了烤乳猪、炖河豚等——有人说她老鼠跌在了白米囤里,有人说她"天翻地覆慨而慷";有人说她"一步跨入共产主义"……

陆渺渺也有恍若做梦的感觉。想想以前与娄妙笔的那种生活,真正是天上地下,不由人生出以前都白活了的感觉。

陆渺渺常呆呆地想,想以前的事,以前怎么这么傻呢,不去赚钱,不去享受。却苦行僧似的生活着,去追求虚名。至今,她仍觉得妙笔是高尚的人,是值得敬仰的人,但这样傻的人毕竟有些不合时宜,她庆幸自己不再傻了。

陆渺渺把过去的甜酸苦辣都锁在了一个箱子里,她将深藏在心中,轻易不准备再去触动,她要尽一个女人的职责,相夫教子,好好地过日子。

中国有句老话叫"饱食思淫欲"。厂长生意做大后,在外面有了"小蜜",小蜜不要名分只要钱,小蜜变着法儿哄厂长开心,也变着法儿掏厂长口袋里的钱。厂长被哄得神魂颠倒,而又心甘情愿。

厂长瞧见陆渺渺的皱纹在加深,觉得不如小蜜可人,常常不回来吃,不回来睡。其实最让他不顺眼的是陆渺渺的"拖油瓶"孩子越长越大。眼见别人的孩子在他家吃他穿他,厂长心里就不是味。心里不是味,脸上就难有好脸色。

陆渺渺竭力想弥补夫妻间的这种感情裂痕,可儿子这活生生的一个人是抹不去的呀。她好为难。

不知从什么时候起,厂长迷上了麻将,一有空就砌长城。还时不时

带人回来搓。一有人来搓麻将,厂长就让陆渺渺泡茶弄点心,似在使唤佣人。这倒也罢了,最不能让陆渺渺容忍的是后来厂长索性带小蜜到家来玩麻将了。

陆渺渺再一次思前想后,想后思前,她意识到自己与厂长丈夫原本是两股道上跑的车,不属于自己的终究不属于自己,勉强不得,她不想勉强。

有人劝陆渺渺说:睁一眼闭一眼算啦,男人有了钱就要变坏,这是挡都挡不住的事。你一顶真,你的那一份也没有了,犯得着吗?

陆渺渺已好几个晚上没睡着觉了。一天半夜,儿子突然在梦中恐慌地叫道:"你不是我爸爸,你不配做我的爸爸,我不要你这样的爸爸!我爸爸是画家,我——爸——爸——是——画——家!"

这个震动对陆渺渺来说非同小可,她知道自己该怎么做了。

厂长也知道,摊牌是早晚的事。他想用钱把事情熨得平平伏伏无后遗症。

"要多少钱,你开个价吧?"厂长有心理准备。

陆渺渺在人生路上转了这么一个圈后,她认为留金留银,不如留一种自立自强的精神给儿子。

或许是遗传因子在起作用吧,儿子的笔极有灵性,那一幅幅画充满了童趣。

儿子会有出息的!——她深信不疑。

陆渺渺的生活又有了新的盼头。

柏峥嵘与柳临风

> 柏峥嵘是实大于名,柳临风是名大于实。说法归说法,两人都是娄城的名人,这是不容置疑的。

娄城颇有知名度的画家有两位。

一位叫柏峥嵘。

一位叫柳临风。

柏峥嵘的有名,一半在他的画,一半在他的怪脾气。

柳临风的出名,一则是他的社交,二则是他的画怪。

有人说:柏峥嵘是实大于名,柳临风是名大于实。说法归说法,两人都是娄城的名人,这是不容置疑的。

柏峥嵘善画兰,有"柏兰花"之称。他一生喜兰,院子里盆盆罐罐全是兰草,每日里精心侍弄,悉心观察,可以这样说,兰草之神之形早烂熟于胸。所谓胸中有兰,画之不难。柏峥嵘画兰,只要寥寥几笔,就能尽传精神。但他轻易不画,或者说轻易不出手。如此倒并非待价而沽,你出再多的钱,他也不会放在眼里。若他觉得投缘,引为知己,其画任挑无妨。这是他的怪脾气之一。还有他很少参加协会活动,也不参加任何单位举办的画展,不向报刊投寄作品。他自娱自乐,尽在其中,此是他的怪脾气之二。

有次,一位京城美术刊物的记者偶然见到柏峥嵘的《国香图》,见他笔下的兰草灵动鲜活,叶含情,花欲语。他看得如痴如醉,回京城后,撰文把柏峥嵘誉之为"神州第一画兰高手"。

柏峥嵘见此文章后,淡淡一笑,不置可否。

有人劝柏峥嵘送一幅墨兰图给那位记者,柏峥嵘置之不理。

熟悉柏峥嵘的人说:谁欲得柏峥嵘之兰花图,送钱送物皆无用,若送盆他手头稀缺的兰花品种去,甚至不用你开口,他保证会以画相赠相谢。此乃他怪脾气之三。

因柏峥嵘有这些怪脾气,能求得他画的人寥寥无几。俗话说:"物以稀为贵",于是柏峥嵘的兰花图愈发身价百倍。

柳临风自称擅长画山水,他的画,山变形树变形,歪歪扭扭,怪模怪样,不过柳临风有柳临风的办法,他交结了一帮新闻界的朋友,他的名字时不时出现在报刊上,一会儿参加了这个协会,一会儿得了那个奖,甚是热闹。圈内人说那全是野路子,老百姓却认定他是娄城第一大画家。

金秋时节,娄城举办了首届艺术节,开幕那天,少长咸集,群贤毕至。柏峥嵘也难辞盛情,参加了开幕式。

有些事,在场面上是身不由己的。比如说市文联主席建议画家合作画一幅"百花争艳图"以贺艺术节开幕,众画家一致推柏峥嵘开笔。柏峥嵘知道,若再推托,一则太拂大家的面子,扫众人的兴;二则也有倚才拿架子之嫌。因此他一改不在公众场合作画的习惯,落笔画了一丛长得茂盛,开得灿烂的兰花。他笔尚未收,就赞语四起,掌声四起。

轮到第二位画家动笔时,竟无人敢上前,有人说:柏老的兰花一画,我辈再涂鸦,相形见绌……

正在几位画家不知该谁落笔之际,柳临风匆匆赶到。他瞥一眼就明白了八九分,他向柏峥嵘拱拱手,说:"柏老驾到,失敬失敬!"他复向各位拱拱手说:"如此盛会,鄙人迟到,该罚该罚!"说罢,他提笔在手说:"罚临风献丑。"

有画家想拦住,可惜为时已晚,柳临风旁若无人地刷刷几笔,在兰丛

边加添了一石，他审视片刻，觉得意犹未尽，复又在石边添了几株菊花。画罢，他搓搓手说："见笑见笑。"

柳临风的突然出现，使得现场气氛有些尴尬。其他几位画家不知是自觉不配与柏峥嵘合作画画呢，还是不屑与柳临风为伍，反正再无人上前落笔。

正不知如何收场时，那位曾报道过柏峥嵘的京城美术刊物记者正好闻讯赶来，他的鉴赏力绝对是一流的。他一见桌面上的那幅半成品画，脱口道："糟蹋了，糟蹋了！"

话一出口，他意识到失言了，在这种场合说这种话是犯忌的。连忙修正说："这两位画家风格不同，与其合作，不如各画一幅，各显春秋，也算娄城画坛一大盛事。不知各位意下如何？"

众人一致附和。

柏峥嵘禁不住大家力劝，终于敛神屏息，一气呵成画了一幅《百兰图》，画面上那兰花或一枝独秀，婀娜多姿，或几丛争妍，高洁脱俗……

画罢，柏峥嵘竟有虚脱的感觉。

大家默默地凝视着《百兰图》，无人说话，似乎怕惊动了这美好的氛围。

突然，记者带头鼓起了掌，那掌声久久不息。

柳临风看了柏峥嵘的《百兰图》，不能不服，他自解自嘲说："当年李白到黄鹤楼，见了崔颢的题诗，曾说过'眼前有景道不得，崔颢题诗在上头'。今日柏老的《百兰图》堪称兰中绝品，我辈是画不得了画不得了……"

不知为什么，柏峥嵘此后一病不起，《百兰图》竟成了他的绝笔。

第二辑

春云出岫

春云出岫

> 一种窒息感,人软软地瘫了下去。那天前来观看"春云出岫"奇观的日本人一个个命丧石前。

日本人在长江口登陆后,很快占领了仓城。指挥部设在了乌梅园内。

带队的酒井铃木少佐是中国通,他很快从地方志上查得,乌梅园真正的园名是五美园。史书记载,此园因石美、水美、树美、花美、建筑美而称五美园。乌梅园是以讹传讹而致。

酒井铃木想,五美园既以石美为首,必有奇石怪石。然而园内假山上,花坛内太湖石虽不少,但看得上眼的没几块,这使他颇失望。

后来,他从一本清人著的《仓城园林志》里知道:五美园有两块奇石,一曰"秋意阑珊",一曰"春云出岫"。这两块名石均系太湖石,均高约寻丈,似一对姐妹石。据书上说:"此两块名石乃当年花石纲之遗物……"

酒井铃木好兴奋。原来他岳父一生嗜石,自号"石痴"。故而酒井铃木每到一地,必四处寻觅奇石怪石,搜罗奇石怪石。

酒井铃木想,高达寻丈的太湖石不像案头清供说拿走就可拿走的。他估计还在园内,遂下令在园内掘地三尺也要把这两块太湖石找出来。

园内的池塘抽干后,果真在淤泥中找到一块太湖石。经水洗后辨认,乃"秋意阑珊"。而"春云出岫"则遍寻无着落。

据书上介绍,此两块名石尤以"春云出岫"为名贵。何以见得呢?据说此石不但具备"瘦、皱、漏、透"四大特征,而且此石九九八十一洞,若在石底燃香,袅袅上升之香烟,会从一个个洞口轻轻溢出飘出,犹如云自岫出,故名"春云出岫"。

经暗访明查,酒井铃木相信,"春云出岫"仍在仓城,他决心不惜一切代价觅得"春云出岫"。来个双石合璧,将来运回日本,作为送给岳父大人的厚礼。

酒井铃木相信"功夫不负有心人",但仓城百姓好像达成了什么默契,老老少少一概推说"不知道"。酒井铃木还相信"重赏之下必有勇夫"、"重罚之下必有懦夫"。他贴出了一告示,大意是有知道"春云出岫"之下落者,重重有赏;凡知情不报或故意藏匿者,一经发现,格杀勿论。

终于有一无赖贪图赏银,去酒井铃木处告了密。

酒井铃木令手下把钟先生请了去。

酒井铃木很是客气,把钟先生待若上宾,他从中国的石痴米芾谈起,谈到日本的石痴,他岳父爱石成癖的种种故事,最后酒井铃木说宝剑赠英雄,名花配美人,此谓各得其所。言下之意,"春云出岫"、"秋意阑珊"两块名石若让他岳父来保存,是最适宜不过的。

钟先生面无喜忧,不置可否。

酒井铃木不气不火,像拉家常似的对钟先生说:"若交出,也算交个朋友,若执意不交,就等于逼我开杀戒,惟有以仓城百姓性命相抵了。可考虑三日……"

三天后,酒井铃木亲自登门拜访钟先生。依然如拉家常。他开导钟先生说:"人重要呢还是石重要?石乃身外之物,为了藏石而不惜以命换取,何苦呢,命都没有了,石有何用?为了区区一石,而使良多无辜将死于非命,你何忍呢?……"

钟先生手里玻璃茶杯竟被一下捏碎,手上鲜血直流,他攥紧拳头,说

道:"此话似乎该我来讲,为觅一石而动杀机。岂不心如铁石,失了人性?!"

"放肆!"酒井铃木气得发昏。

钟先生淡淡地说:"何必动怒呢。我可以交出'春云出岫',但须答应我三个条件。一、'春云出岫'为史书有载的名石,一定要好好爱之护之。二、石既交出,再不能杀我仓城百姓。三、须举行一小型交接仪式,届时请仓城政界军界名人名流作一见证。且当场表演'春云出岫'之奇观,让大家一睹为快。"

那天,钟先生一袭青布长衫,干净利索,人到齐后,钟先生即命人把"春云出岫"石置于厅中,他取一棒香,点着后放于最下面一洞穴内,不一会儿,烟气自最下面的洞口开始散溢出来,烟气慢慢上升,最后九九八十一洞,洞洞飘烟,堪称奇观,且此香其香无比,不知为何物所制。

酒井铃木带头鼓掌,一时掌声四起。但酒井铃木只拍了几下就觉得有一种窒息感,人软软地瘫了下去。那天前来观看"春云出岫"奇观的日本人一个个命丧石前。

据后来清理打扫现场的人说,钟先生紧紧地抱着那"春云出岫"石,两只手掰也掰不开。

封侯图

"沐猴而冠",即娄城土话"猢狲戴帽像个人",猴子手中有帽,乃"弹冠相庆",喻指坏人要上台做官。

娄城王氏画猴,乃子传父业,更确切地说乃祖传,传到王枕石这一辈,已第六代了。

王枕石因受家庭熏陶,自小爱涂涂抹抹,五岁即临摹家藏画谱。儿时,王枕石的画即以有童趣而称道。渐长,其画技愈发精湛,花鸟鱼虫,寥寥几笔,无不灵动传神。王氏是画猴著称的,王枕石自然以画猴为看家本领。王氏祖上画猴,已相当圆熟,若一味临摹仿之,断难超过祖上的。王枕石虽不便批评其父,但内心里总觉父亲的《猴戏图》,少了一种活气,少了一种精神。

王枕石重金购买了一大一小,一雌一雄两只猴子,谓之灵猴。灵猴果然极灵,乖巧异常,一大猴见王枕石画画,会主动守门挡客,让主人专心画画;那小猴呢,竟学会了磨墨,常伺候其侧,取笔,递笔,颇能察言观色。

王枕石每日里与这两只灵猴做伴,这猴的一举一动,神情神态,渐渐烂熟于胸。其笔下之猴,或腾或跃,或嗔或怒,皆栩栩如生,这样,娄城王氏画猴进入中兴阶段,时人誉之"青出于蓝胜于蓝"。

王枕石的画猴作品中，最负盛名的是他的《百子猴图》与《大白猴图》。特别是那幅《百子猴图》，母猴居中，眼神极和善地注视着怀中的小猴，一健壮之雄性猴，蹲在高处假山石上，作瞭望状，作保卫状。母猴周围则有数十只小猴，有的攀悬倒挂树上石上，有的争相滚地嬉戏，百猴百态，无一雷同。有人愿出高价购之，王枕石终因偏爱，以敝帚自珍为由，未舍得割爱。

抗战期间，百业凋零，各行各业都人心惶惶，谁还有雅兴，还有余钱去购买书画欣赏呢。王枕石的书画铺不死不活地维持着，日子艰难了起来。眼见一家老小都有断炊之虞，哪还有余力饲养灵猴。家人几次劝他把灵猴卖了换几个钱贴补家用吧。

这两只灵猴王枕石已饲养多年，且朝夕相处，早有了感情，他如何舍得转卖。

灵猴日见消瘦，王枕石也日见憔悴。

家人知王枕石是决计不肯用灵猴换钱的，只得退而求之，劝其放猴自寻活路吧。

王枕石无法可想，把灵猴带到郊外穿山，流着泪对灵猴说："去吧去吧，自寻条活路吧，来日若家境好转，我定来接回。"

灵猴对空长啸，音色凄凉。

其实，遣散灵猴，无非省下一口饭而已，对寅吃卯粮的王枕石一家来说，窘况并无根本好转。

一日，娄城日军宣抚班班长的干儿子、汉奸穆永明，来找王枕石画一幅《马上封侯图》，并言明只要画得满意，酬金加倍。已很久没有这样的生意了，这无疑是赚钱的好机会。所谓机不可失，时不再来。但王枕石见来人是汉奸穆永明，一肚皮的不情愿，连嘴也不接。家人见此，连忙出来说好话，接下了这笔生意。

穆永明走后，王枕石无名火骤升，把手中的紫砂壶掷了个粉碎。

《马上封侯图》终于画好了，只见画中那几只猕猴戴着官帽，一只只喜气洋洋的样子，且大猴背小猴，画中有一匹肥硕的高头大马，其背蹲着一只猕猴，那马屁股上还有一只蜜蜂呢。其中有一只猴似在抖落帽上灰尘，咧嘴而笑。

穆永明一看就喜欢上了这画,这大猴背小猴,不是辈辈侯吗?这马、猴、蜜蜂,不就是"马上封侯"之意吗?好,妙!穆永明也咧嘴笑,他没有食言,果然酬金加倍付给。

穆永明是把《马上封侯图》作为寿礼送给日军宣抚班班长的。不想这宣抚班班长吉田是一个中国通。他一瞧这画,就大骂穆永明是"草包",并当场把画撕了。

穆永明后来才知道,猕猴有帽,乃"沐猴而冠",即娄城土话"猢狲戴帽像个人",猴子手中有帽,乃"弹冠相庆",喻指坏人要上台做官。

妈的,这不是耍我吗?

穆永明带了几个伪兵,去把王枕石抓到了宪兵队,逼着王枕石要重画。王枕石一狠心,用砖头砸了手指,直砸得鲜血直流,自此再不能作画。

王枕石被关后,他家一家老小几乎乞讨为生,幸好四邻接济,才勉强活命。

忽一日,娄城大街小巷遍传这一则消息:说汉奸穆永明成了目永瞎,他的双眼为人挖了。

"有眼无珠,认贼作父,挖了这双贼眼好!"

娄城百姓大快人心。

此事谁干的呢?

后来有消息说:此乃王枕石家的灵猴所为,但这仅是小道,未能证实,不过娄城百姓很相信。

鱼 拓

> 历史就是历史,谁也无权无法抹杀或篡改。

五十二年前的八月八日,对娄城多数人来说是个平常而又平常的日子,而对鱼怪子来说,这天有些不寻常,或者说极难忘记。

那天一早,嗜钓的他竟然钓到一条前所未见的大鳜鱼。那鱼嘴大齿尖,背鳍怒张,临死威不倒,特别是那一身花斑,在阳光下黑是黑,金是金,像一幅美丽的图画。一过秤,足足六斤三两。

鱼怪子之所以叫鱼怪子,是他有一特别的爱好,凡钓到大鱼或特别之鱼,他就要做一鱼拓,以留纪念,凡做了鱼拓之鱼,他是不卖也不吃的。如单做鱼拓,也许还不值得我写这篇小说。鱼怪子做鱼拓,必在鱼之拓印边上题写些什么,或记天气情况,钓鱼环境,或记钓趣钓异,或记所思所感。且真行草隶,全凭兴致,写罢,必签上"鱼怪子"三字,盖上朱文篆印,算是完成又一鱼拓。

那天他把大鳜鱼钓到岸后,已累得精疲力竭,但心里的那份舒坦——似将军打了胜仗。那鳜鱼好凶,似乎欲狠狠咬噬鱼怪子一口。鳜鱼的凶残样更激起了鱼怪子的欲望。他从来没这么认真地做鱼拓。鱼怪子自己也感到这张鱼拓太精彩了,纸面上的鱼确确实实可用"栩栩如生"四字来形容,怀疑放入水中,随时会摆尾而去。

鱼怪子凝看鱼拓片刻,提笔而书"天降瑞祥,兆社稷百姓之福,水生怪异,焉知非神之谶语……"不知为什么,鱼怪子突觉文思阻塞,遂罢笔。

此后,鱼怪子闷闷不乐,总觉有事梗在心头。

第二天,传来日本人在长江口登陆的消息,乡下不少人逃到了城里,娄城变得闹哄哄,乱糟糟,人心惶惶。

鱼怪子再看那鱼拓,愈发觉得那条鳜鱼狰狞可怕。遂又提笔续写下去。"应也应也。鳜鱼出水之时,乃倭寇侵我娄城之日。鳜鱼凶兮,有此拓印;日寇凶也,烙我心底!痛哉痛哉,永记毋忘!"

不几日,日本兵即占了娄城。自日本兵进驻娄城后,不再随意杀戮,开始实行安抚政策。

娄城日军的头儿铃木三夫少佐乃鱼拓爱好者,他访得鱼怪子是少有的鱼拓高手,竟携他自己制作的鱼拓来拜访鱼怪子。鱼怪子开始不理不睬,但及至见到铃木三夫的鱼拓后,态度大变。鱼怪子素来自负,自认为自己的鱼拓件件皆上品精品,张张有收藏价值。不期铃木三夫的鱼拓使他大开眼界,一时竟生出天外有天、山外有山的感叹。

后来,铃木三夫又来找过几次鱼怪子,每每只谈鱼拓,不讲其他,倒也投机。

渐渐,社会上有人骂鱼怪子为汉奸。鱼怪子也不辩不释。他的原则是决不主动去找铃木三夫。若铃木三夫来谈鱼拓,则以礼相待,若谈其他,恕不奉陪。

有次,铃木三夫来找鱼怪子商量,说想把鱼怪子的鱼拓交出版社出版。这搔到了鱼怪子的痒处,鱼怪子默默不语,算是默许。几天后,铃木三夫又来找鱼怪子,希望鱼怪子把那张鳜鱼鱼拓的题词改一改。鱼怪子断然拒绝,并固执地表示:若改,不出版了!

铃木三夫说非改不可!

鱼怪子回答坚决不改!

铃木三夫终于恼了,最后通牒般给鱼怪子三天时间考虑,若再不改,则杀无赦!

三天后,鱼怪子修书一封托人交于铃木三夫。大意是:"历史就是历史,谁也无权无法抹杀或篡改。任何这种想法、这种做法都是不明智的。鱼拓贵在逼真,文字则贵在无假……"

铃木三夫意识到了什么,等赶到鱼怪子家时,鱼怪子已静静地躺在床上,去了另一个世界。

自然,鱼怪子的鱼拓也就未能出版。

补记:不久前,有一朋友从日本回来,说是在日本见过新近出版的《鱼怪子鱼拓选》,是铃木三夫作的序,序中详细记录了这本选集出版的前前后后,忏悔之意溢于言表。

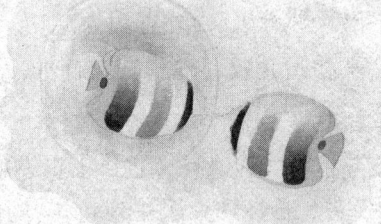

扫晴娘

> 剪纸阿婆左手拿起剪刀,轧住了右手大拇指,用劲往桌上死命一敲,那一截大拇指竟被连骨带皮剪了下来,顿时鲜血直冒。

剪纸阿婆花甲年纪了,依然寡居。

剪纸阿婆一个人过,寂寞与单调是可以想像的。剪纸阿婆打发时日的办法是剪纸。随你什么纸,到她手里,这么一折一叠,再"嚓嚓"几剪刀下去,一抖开,嗬,或人或兽,似像非像,极有趣味。

剪纸阿婆剪得最多是扫晴娘。那纸形人像大眼小嘴,长辫短刘海,赤足,中式短袄裤,左手右手各持一帚,一朝上,一朝下,谓之扫天扫地。逢上阴雨连绵天,乡人盼晴心切,就有人来剪纸阿婆处讨一扫晴娘,拿回去将剪纸人形头朝下贴在屋内墙上;或者悬挂于门左,意为扫去雨点,以起祈晴作用。

扫晴娘在古庙镇一带是旧俗,只是乡民并不十分看重。乡民向剪纸阿婆讨扫晴娘,一则是意思意思,有挂没挂,挂一挂,有贴没贴,贴一贴;二则是借个名头,接济几个钱给剪纸阿婆,给多给少,剪纸阿婆从不计较,即便不给钱她也一样肯,随你拿,拿得人愈多她愈快活。

日本人占了娄城后,时有日寇施暴的传说传到古庙镇,人人又恨又怕,又无法可想。

偏巧那一阵阴雨连连,不见晴日。照往年,正是乡人去讨扫晴娘的旺期,可能是来了日本人的缘故,一家家都没了这个心思。

剪纸阿婆似乎愈发忙了,每日里剪纸不停,连晚上也摸黑剪。真有她的,黑灯瞎火的,她剪出的扫晴娘与大白天剪的几乎一模一样,只是有人发现,剪纸阿婆给每个扫晴娘额上都点了红,那一点红又艳又大,看上去很滑稽,不知哪个冒出了这样一句:这些扫晴娘怎么像日本人。剪纸阿婆阴霾已久的脸绽出了一丝笑意。人们心照不宣,讨回了扫晴娘,就用线穿之,挂于檐下,看着纸人头朝地,腚朝天,在风中飘呀摇的,一丝快意泛上心头。

一传十,十传百,后来古庙镇上几乎家家都挂了剪纸阿婆的扫晴娘。有人回去后还故意把那额上的点红再点大些,像膏药旗似的。

没有不透风的墙,此事终于传到了汉奸翻译的耳朵里,为邀功求赏,他把吉田太君领到了古庙镇,领到了剪纸阿婆的住处。

剪纸阿婆见汉奸翻译带了日本人进来,放下剪刀,拿起一串连纸的扫晴娘,像作法似的念念有词起来,只听她念道:"扫晴娘,倒悬苦,苦你个七七四十九日夜;看你扫不扫地,看你扫不扫天;扫去雨淋淋,扫去阴惨惨;扫出个满天星,扫出个大晴天。"并做着扫地出门状。

"太君,这老太婆用意恶毒,在赶我们出门……"

吉田止住了翻译,他饶有兴趣地一一观看了剪纸阿婆的剪纸,一副十分欣赏的样子。他拿起一扫晴娘剪纸说:"日本的也有,叫照照坊主。"突然,吉田像孩子般地唱了起来:"照照坊主,照照坊主,天晴吧,天晴吧,让明天天晴吧。"吉田的嗓音很浑厚,他唱得很动感情,像是陷入了童年的回忆。

吉田是中国通,一口汉语相当流利,他对剪纸阿婆说:"日本的照照坊主,人偶上要写满'照'字,灵验了才画眼睛,大大的有趣。"他见剪纸阿婆无动于衷,一转话题说:"支那有扫晴娘,大日本的有照照坊主,此风俗一脉的相承,可见中日的一家人,历来亲善,好,好。"

汉奸翻译见吉田不发火,不动杀机,一味好好好,他弄不懂了,好在哪里呢？他指指扫晴娘额头上那红红的一点说："太君，老太婆咒太君呢。"

"不，不，不，你的不懂，日本民俗，刺手指血，涂纸人，以活人之血令纸人有灵。你们支那人怕血，改以红涂料染之，法出一源。"

剪纸阿婆听吉田说中国人怕血，气得脸都红了，她下意识地抓过剪刀。

汉奸翻译本能地拔出了手枪。

"冲动的不要，冲动的不好，放下剪刀，放下。有你剪的时候，我的看法，你的剪纸，艺术，大大的艺术。多剪些，各式各样的，我的，统统买下，价钱的好说，不让你吃亏。"

"不卖，我剪纸几十年了，从来不卖，钱字免谈！"剪纸阿婆毫不畏惧。

"可以可以，我尊重艺人的清高与尊严。这样吧，给你三个月时间，多多地剪，到时，皇军为你办剪纸展览，娄城的先办，再送大日本办，怎么样？"吉田一副胜券在握的架势。

剪纸阿婆有点不认识似的看着吉田，只是不吭声。

"快谢过太君，你好运来了，我都没去过日本呢。"汉奸翻译酸溜溜地说。

"好，我剪，我剪给你们看。"

剪纸阿婆左手拿起剪刀，轧住了右手大拇指，用劲往桌上死命一敲，那一截大拇指竟被连骨带皮剪了下来，顿时鲜血直冒。剪纸阿婆把右手伸到吉田面前说："看看清楚，这就是中国人的血。"剪纸阿婆持着利剪一步步逼向了吉田太君。

吉田太君狼狈地逃出剪纸阿婆的家。

吉田在当天的日记里写道："中国人的可怕，连一个老太婆都软硬不吃……"

酒 香 草

> 这帆山原本长着一种奇特的骨牌草，其状如牌九，其草惟帆山有之。

阿九嗜酒，这是古庙镇老老小小都知道的事，他可以三天不吃饭，但不能一天不喝酒。哪天他闻不到酒香，哪天他就像没了魂似的。

阿九是古庙镇上的大户人家，祖上留了点田产给他，够他喝一辈子的。

酒有酒友，阿九早年常有两三同道一起喝酒，一喝酒就慷慨激昂，抨击时政，镇上的老太老头儿背后不止一次说过："这阿九啊，喝了酒，说话没遮没拦，没轻没重，早晚要出事。"

果然被他们说中了，1939年的冬天，阿九被日本人捉了去，说他是抗日分子。

木村少佐要他交代一起活动的还有谁。阿九知道，这是万万说不得的。他明白一旦进了这儿，不死也得脱层皮。

阿九被关在里面，不怕饿，不怕打，就怕没酒喝，这没酒喝的日子真是比死还难受啊。

木村少佐自认为抓住了阿九的弱点，他拿出那上好的和酒给阿九闻，给阿九看，就是不给阿九喝。木村呢，时不时喝上两口，还自言自语说："好酒，大大的好酒!"

馋得阿九喉咙口快伸出手来了。

木村少佐指指酒瓶说:"你的好好合作,美酒的大大的有。"

没有酒喝的阿九,身体很快撑不住了。

到第四天时,有气无力的阿九说:"快给我酒喝,喝了我就说。"

木村少佐很狡猾,坚持先说了才能喝。

这样又僵了半天,最后木村少佐让了步,给阿九喝了几口酒,酒一下肚,阿九有了几分活气。他说放我下来吧,把笔墨拿来,我写。

木村少佐叫手下为阿九松了绑,阿九活动了手脚后,援笔写下:"神州赤县寸寸金,岂容日寇来侵占!"

木村少佐一见,恶狠狠地骂了句:"支那猪!"上去扇了阿九一记耳光,阿九仗着喝了几口酒,有几分酒劲,突然一头撞向木村少佐,把木村少佐撞了个四脚朝天。恼羞成怒的木村少佐拔出枪来朝阿九连开三枪⋯⋯

阿九死后,被木村少佐派手下扔到了长江里。也是阿九命不该绝,他随潮水冲到了江边的帆山脚下。这帆山是长江入海口的最后一座山,山上有个玉皇阁道观,灵真山人救起了阿九,但终因伤势过重,死在了道观里。

灵真山人知道阿九是被日本人杀害的,就把他埋在了帆山。

帆山本是个风景点,早先常有游人来的,只是日本人来后,这里才萧条了下去。

抗战胜利后,古庙镇人知道阿九埋在了这里,都来祭祀他。因乡亲们知道阿九嗜酒,凡来祭祀他的,都会带上一瓶酒,洒在他坟前。

这帆山原本长着一种奇特的骨牌草,其状如牌九,其草惟帆山有之。自从乡亲们常洒酒祭祀阿九后,据说帆山的骨牌草也有酒香味了。

有位外地文人游过帆山后,写了篇《酒香草》的散文,这篇文章发表后,古庙镇乡亲们都改口叫骨牌草为酒香草。

可惜50年代时,当地乡镇干部以就地取材为由,炸了帆山,取了石头修江堤,仅一两年,帆山就不复存在,酒香草也从此消失。

据植物学家讲,其他地方再也未发现过酒香草。

阿九的坟早没了,不过地方志里有他条目,上了年纪的人说起阿九,全用很尊重的口气说阿九是抗日英雄哩。

书女魂

> 水边佐夫来默哀了几分钟,不知是为了那未到手的书与画,还是为了那几个日本兵,抑或是出于对闻洁如的钦佩。

娄城自宋以来,就是书画之乡。历朝历代文人雅士比比皆是,不过来娄城定居的大都是来隐居的,故而其建筑特点是大门不求气派豪华,进门后往往曲径通幽,院落一重又一重。

其中有个弇山书楼,在隆福寺西侧。这书楼虽比不得天一阁、嘉业藏书楼、铁琴铜剑阁的名声,其实其来头也不小。据说是明代文坛后七子领袖王世贞家传下来的,只是到了抗战前夕,早几易其主,那时的书楼主人叫陆淡水。陆家在娄城也算数得着的名门望姓。

陆家祖传家训:不得张扬。因此,陆氏子孙凡事火烛小心。像偌大一个弇山书楼,从不宣扬,也从不许外人窥视一眼。

娄城人都知道,陆家的规矩甚严。娄城老人中有这样一句话:若做得陆家的媳妇,到哪都无所谓了。

陆淡水爱书如命,鉴于历史上不少藏书楼到后辈手里都散失殆尽的教训,他制定了一条又一条的规矩,以保证藏书之安全。譬如他规定:弇山书楼之藏书一律不得外借；弇山书楼的掌管权传子不传女等等。

花开两朵，话说一头，再说娄城有个才女叫闻洁如，这位闻小姐琴棋书画，无所不会，尤爱读书，四书五经，无所不精。若吟诗论文，那些自谓才高八斗，学富五车的饱学之士也与她难分伯仲。

闻洁如已19岁了，依然待字闺中。连年来，媒人磨破嘴皮，踏低门槛，闻小姐只是摇头不允。难道她待价而沽，可年岁不饶人，再拖下去，成老姑娘，大户人家，谁肯迎娶。

其实，闻洁如自有自己的小九九，她一心想读弇山书楼的藏书，可不得其门而入。思来想去，惟一的办法是嫁入陆家做媳妇，或许这样能一偿夙愿，才有机会读一读弇山书楼的珍贵藏书。

陆淡水有个儿子陆中规，是个中规中矩的读书人。他也早慕闻洁如才女之名，只是怕才女难以忍受他们陆家的种种规矩，委屈了她，因此没敢托人说媒。没想到有媒人上门来试探口风，说如果陆公子有意，可以包成这门婚事。一个愿，一个要，没费多少唇舌，闻洁如就择一吉日嫁了过来。

嫁进了陆家的闻洁如才知道，要想读到弇山书楼的藏书并不是那么容易的事。陆中规虽爱洁如，可他天性是个胆小之人，那敢轻易坏祖上规矩。

陆淡水知道闻洁如嗜书如命，内心颇怜她，但他认为：规矩是规矩，若为媳妇坏了规矩，以后就管不住了。因此他咽气前特地关照儿子陆中规："藏书楼外、外姓之人，一律不、不能进去，包括你媳、媳妇，千万不能为、为一个女人坏、坏了规矩……"

闻洁如几次提出想读一读家中的藏书，陆中规每每为难万分，就是不敢答应。

面对着大量慕名已久，心仪已久的藏书，却不能近前，不能翻读，这是何等让人难受的事。闻洁如与陆中规不知说过多少次，每次都没有结果，甚至还吵过，可陆中规除了赔不是就是道歉，在进书楼读书这事上，他寸步不让。

闻洁如心情大坏，郁郁寡欢。常常弹一些哀怨的琴曲，填几阙情绪无奈的词曲，打发着无聊的日子。她不止一次对陆中规说："我恨你们家的这规矩！"

日本军队进驻娄城后，陆中规最担心的是弇山书楼的那些藏书，如果这些书在自己手中散失，岂不成了陆氏家族的不肖子孙。可如何保全这些藏书呢，他苦思冥想，一无良策。

在娄城驻军中，有个叫水边佐夫的少佐，他对明末清初的娄东画派甚感兴趣，在日本时就注意收藏娄东画派的资料与其代表画家"四王"的作品，所以这次到娄城，他是有备而来。

他打听到娄城有个弇山书楼，喜出望外。水边佐夫的叔叔是研究明代文学家王世贞、王世懋兄弟的，既然这书楼相传是传自王家，想必有些老货，岂不可一举两得。

水边佐夫把陆中规请到了驻军所在地，提出愿为保护弇山书楼出一份力，条件是借阅王世贞的《弇洲山人四部稿》、《弇山堂别集》、《艺苑卮言》、《觚不觚录》、《史乘考误》、《尺牍清裁》等书稿，另外要一睹王时敏、王鉴、王原祁、王石谷这四位娄东画派代表人物的传世真迹。

这个条件自然是不能答应的，陆中规也不敢答应，他只觉得他的身子在往下沉，往下沉，似乎快要灭顶了。

水边佐夫知道陆中规不会轻易答应，他鹰隼似的目光盯着陆中规说："规矩与保护藏书，孰重孰轻，分量你自己掂吧。"

陆中规感觉到身子骨在颤抖。

水边佐夫面带笑容说："你不想订这君子协定，我也不勉强。只是战争期间，什么事都可能发生，千万不要因小失大。"

陆中规回到家，跌坐在太师椅上，人如死过去一般。他觉得如果不答应水边佐夫的条件，很可能玉石俱焚，他内心已倾向于答应这个苛刻的条件，可就怕祖上不答应。他跪在列祖列宗牌位前，磕头祷告，祈求祖上原谅他，宽恕他。

闻洁如知道后，气得肺都炸了，她说我是你们陆家的媳妇尚且不能去读弇山书楼的藏书，现在竟想同意小日本鬼子拿走藏书楼的藏书，不行！你答应，我不答应。

水边佐夫带人来弇山书楼时，闻洁如搬了一把椅子坐在楼前，她很镇静地对水边佐夫说："我嫁到陆家三十年了，生是陆家人，死是陆家鬼,我尚且未能进书楼看一看书,你凭什么来拿书拿画?"

水边佐夫今天是志在必得,他挥挥手,让士兵架开她。

闻洁如摸出一把剪刀说:"你们如果硬闯,我就以死相拼,我死后,化作厉鬼也不会放过拿书之人的!"

"泼妇,拉走!"

闻洁如见日本兵上前,用剪刀狠命刺向胸口,直刺得鲜血飞迸。

水边佐夫一愣,悻悻而去。

"转移、转、转移……"闻洁如断断续续吐出这几句话,头一歪就去了。

陆中规连夜转移了部分较珍贵的藏书藏画。

第二天,几个喝醉了酒的日本兵闯进陆中规家。陆中规拦也拦不住。

几个醉醺醺的日本兵直闯藏书楼,其中有两个还边唱边喝,边喝边唱,直到天黑还不走,掌灯时分,书楼突然起火,那天风大,大火很快吞没了整个书楼。那几个日本兵竟全部葬身火海。

附近老百姓说:在大火中见到闻洁如手握剪刀,怒目而对日本兵。

书楼化作灰烬的第二天,水边佐夫来默哀了几分钟,不知是为了那未到手的书与画,还是为了那几个日本兵,抑或是出于对闻洁如的钦佩。

这些都不重要了,重要的是总算转移了一些名贵的书、画,从而保存了下来。据说这些遗存至今保存在当地博物馆与档案馆呢。

憩园春秋

> 憩园早没了早年的风光,但因了历史的浸淫,有一种古朴感,有一种沧桑感。

明代以来,吴地有"姑苏园林甲天下,娄城园林甲姑苏"的说法。

娄城的园林都不大,都属私人园林性质,其最大的特点是小巧精致。

在这些各有千秋的娄城园林中,憩园乃园小名大之园。

据《娄城志》记载:憩园始建于明代,周家祖上曾因抗倭有功,受到过皇帝的赏赐,晚年在娄城筑了憩园,颐养天年。

周家祖上虽为武将,筑这园时,请了筑园名家,融进不少文化,以补自己之不足。

传到周汉章手里,憩园早没了早年的风光,但因了历史的浸淫,有一种古朴感,有一种沧桑感。作为周家后人,周汉章早成了地地道道的文人。日子不算富裕,总算在娄城还有点儿虚名。用现今的话来说,算是娄城地面的一个人物。

日本人占领娄城后,司令部设在孔庙。

娄城守军的头是龟田少佐。此人对中国文化喜欢到痴迷的程度。进驻娄城后,他决意要找一小巧的园林为下榻处,他访得憩园的名声后,带了一卫兵,悄悄来到了憩园。所谓内行看门道,外行看热闹。龟田少佐转了一圈后,即发现了许多惊人之处。其最令他欣喜不已的是他发现那名为天趣池竟似一伏龟状,这池的东面,用黄石砌驳岸,且高叠数米,一似龟头昂首向上;池西边,全由太湖石叠成,太湖石软性,与黄石的硬性形成反差,给人的感觉轻快灵动,好似那龟尾在轻轻摆动。那龟头迎旭日,那龟尾接晚霞。池的南面是一假山。龟田略一思索即悟到:龟喻寿,池南有假山,八成是喻意寿比南山。有意思。光这些,就使龟田一眼看中。再细看,龟田发现不少细部处,若仔细琢磨,似乎都有寓意。如一小石拱桥,桥面雕有牡丹,牡丹为富贵花,隐寓大富大贵之"福",缠桥之绿草,代表"禄",桥栏上有"寿"字图,正好组成"福禄寿"。那花墙隔断,形成一种步移景换的审美效果,那不远处的孔庙的四棵千年银杏,竟成了憩园的借景。高,实在是高,龟田在心里赞不绝口。

龟田找到了憩园的主人周汉章,提出可用娄城的任何一座私人园林来交换这憩园,并信誓旦旦地说,如果他住进来,将对憩园进行修缮,决不会有任何破坏。

周汉章冷冷地说:"憩园不卖不换不送,娄城其他任何园林,再大再好再古,我不想不贪不要!"

"你有什么条件尽管开,我会满足你。"龟田对憩园表现出了一种志在必得的心态。

"免谈。"周汉章平静地说,"除非我死。"

"想死,容易得很。"龟田把短枪拿在了手上,轻轻地抚摸着。

周汉章微闭着眼,抑扬顿挫地吟道:"人生自古谁无死,留取丹心照汗青。"

"你的死啦死啦的有!"龟田的卫兵凶神恶煞地嚷道,龟田制止了他。

第二天,龟田的代表来到周汉章府上,送来一纸委任状,委任周汉章为娄城维持会会长。

当天夜里,憩园莫名其妙一场大火冲天而起,等龟田派人赶到救火,憩园和它的主人已付之一炬,烧成了一片白地,惟有那龟形状的天趣池至今依然尚有遗迹可寻。

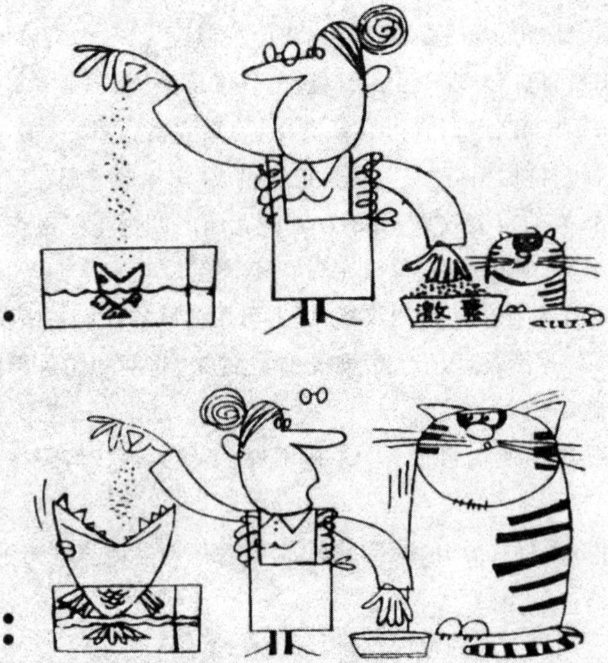
激素

第三辑

茉莉姑娘

嘴刁

> 我老爹给我起名百味，冥冥之中注定我崇尚百味。

嘴刁，是娄城人的一句土话，翻译成大白话是会吃、讲究吃、一般性吃的看不上、口味很特别。

在娄城，真正称得上嘴刁的，首推尚百味。他曾在一次宴后，用甲鱼骨特制的牙签剔着牙说："我老爹给我起名百味，冥冥之中注定我崇尚百味。我这张嘴呵，吃刁了。这辈子就这点爱好了，除了享享口福，其他嘛，都无所谓。"

尚百味的嘴巴到底如何刁法，社会上只是传说，并不知道详情。不过据与他一起同桌喝过酒的说，尚百味那嘴，就像专业品酒师，一闻一品，马上给你说出个甲乙丙丁来，保证说得掌勺的大菜师傅也不得不佩服。据说有次宴席上，端上了一盆当地名菜五香肉骨头，一桌子人品尝后都说味道正宗，好吃，惟尚百味一声不吭。同桌的知道他自有一套吃食经，就向他请教。他说："这道菜好是好，可惜美中不足，一是花椒未用本地花椒，二是八角茴香少放了几颗，因此这菜只能打 90 分。这似乎有些玄乎，有人把特聘的名厨请出来。一问，果然如此,因他是外地厨师,未使用过本地花椒,所以按老习惯用的是外地花椒。茴香嘛,也有意少放了几颗,因他听说娄城人口味淡……

尚百味就有这点儿本事,你不服不行。

尚百味对油炸、干煎的东西不感兴趣,他吃的菜肴有时一般人是想不到的。譬如他爱吃"泥鳅烧豆腐"。这泥鳅先要清水养几日,待泥鳅把肚中吃食全部排泄完方可待用。烧时要大锅文火,一锅清水,中间放三块豆腐,再把泥鳅倒入,随着锅内之水慢慢升温,那泥鳅乱蹿乱跳,最后都钻入了温度比水温略低的豆腐中,之后,再舀掉若干水,再加佐料文火烧煮,据讲那泥鳅又嫩又鲜,据讲吃此菜谓之打耳光不放。

尚百味有段时间,被朝廷外放至陕西当了个布政使,这官不大不小,但关中的口味与江南迥异,他因此很怀念家乡的菜肴。他对同僚说:"我算明白了古人怎么会因思念家乡的鲈鱼与莼菜挂冠而去的了。"

尚百味想起了家乡有清蒸鲫鱼味道鲜美,一时馋虫爬出。他竟连夜写信回去,叫家中选半斤以上的鲫鱼若干条,清蒸后放入将冻未冻的木桶猪油中,火速派家丁送往他任上。他说只要猪油不化,鲫鱼之鲜味能多日保持不变。只是收到此信,已开春了,木桶的猪油能不能经长途而不坏,没把握。家中遂回信,说实在想吃江南菜、家乡菜,何不请假回来一次。

尚百味接信后,很是遗憾了一阵呢,他说按他所说做保证坏不了。

关中多驴,俗话说"天上天鹅肉,地上鲜驴肉"。尚百味想出了品尝鲜驴肉的一法:即府中专门养好两头健壮的驴子,想吃鲜驴肉时,让掌厨的在驴子的臀部下刀割肉,因取肉不多,虽鲜血淋漓,却并无生命之虞,只要用烧红的烙铁烙于下刀处,立时便可止血。若以后再想吃鲜驴肉,只需换个部位,如法炮制便可。

用尚百味的话说:他府上的驴肉,才真正是鲜驴肉,乃百味之首的美食呢。

也是命该尚百味倒霉,有次新任的巡抚大人过府,尚百味就用炒驴肉丝来招待之,巡抚大人问:"此菜味绝佳,乃何野味也?"尚百味忙讨好地说了一遍,谁知巡抚大人听后勃然大怒,拂袖而去。

原来巡抚有一爱好乃绘画,特别喜画驴子,他的《百驴图》曾得皇上

首肯,因此巡抚大人对驴子极有感情,从不吃驴肉。哪想到尚百味不但吃驴肉,还用如此残忍的手段,怎不令他火气顿生。

有位按察使知道巡抚大人动了怒,索性投其所好,参了尚百味一本。说他心底歹毒,不宜为官参政、牧民等等。

尚百味一看弄巧成拙,连夜写了辞呈,以家中老母须照顾为名,回了娄城。

这后,他再不敢食不厌精,脍不厌细,不久就郁郁而终。

万卷楼主

> 原先古籍青灯的藏书读书生活，因了秋水的红袖添香，生活滋润了起来，活泼了起来，寂寞枯燥的书房有了一种生机，一种活力。

岑诗文爱书如命。为官期间，每到一地，必寻书觅书，积了几百箱的书。为了妥善保存这些书籍，他干脆辞官回故里。

民谚云："三年清知府，十万雪花银。"他这几百箱书死沉死沉，不知情者，十有八九会以为他搜刮的民脂民膏。为防路途强人剪径，岑诗文上船前，在江边晒书三日，赛过书市一般，吸引了不少人前去观看。有赞他清的，有叹他呆的。此事在当地成头号新闻，饭后茶余议论了许久。

岑诗文晒过书后，就放心开船回故里娄城。果然，一路上平平安安。哪有强盗愿来抢一船不能穿不能吃的书呢。

岑诗文回娄城后，造了一藏书楼，亲自题匾"万卷楼"，从此自号"万卷楼主"。

岑诗文祖上是有些田产的。这些田产到他手上后，今天三亩，明天五亩换成了书。有人知道他这嗜好，常拿了书来与他讨价还价，甚至敲他一下。譬如，有位乡

绅藏有宋刻版《两汉书》,竟开口要岑诗文用"兰香小筑"换取,否则就卖给外地的藏书楼了。岑诗文晓得这套书是不值他家这小院的,但宋版《两汉书》是他久觅不得之物,他怕乡绅出手给别人,咬咬牙用"兰香小筑"换了这套书。总之,岑诗文的田产日见其少,藏书日见其多,他特意刻了两方藏书章,一曰:"此书不换酒";一曰:"此书不换妓"。

岑诗文到底是读书人出身,平日里除了觅书读书外,还爱与几位诗友吟诗唱和。

有年阳春三月,诗友邀其郊外踏青。娄城外的"南渡桃花"是当地十景之一,赏罢桃花,一行人至附近的武陵酒家小酌。席间,行酒令,吟诗句,好不快活。一诗友说:"难得如此春光春色,有酒无歌,岂不太寂寞了些……"

于是叫来了一歌妓助兴。此歌妓妙龄十八,名尹秋水,长得楚楚动人,且善解人意,所弹所唱,颇合众人心意。她说席上几人,岑诗文所吟之诗堪称上品,诚心敬其三杯。尹秋水三杯下肚后,那白嫩嫩的脸红扑扑起来,甚是惹人喜欢。

岑诗文平日里几乎是不近女色的,今天不知为什么有些心动。诗友看出苗头,半认真半玩笑说:"岑兄是否看中了秋水?君子有成人之美,我等何不买下秋水相赠,让岑兄日后既有古书相伴,又有红颜作陪,岂不美哉!"

众诗友附和一片,当起真来。岑诗文推不托诗友之美意,就把秋水带回了家中。

秋水原本是卖艺不卖身的,但她见岑诗文是个可托付终生之人,也就一心一意侍候起岑诗文。原先古籍青灯的藏书读书生活,因了秋水的红袖添香,生活滋润了起来,活泼了起来,寂寞枯燥的书房有了一种生机,一种活力。

岑诗文甚至觉得日子过到如今才算过出了点味道。有古籍藏本,有红粉佳人,岑诗文很满足,人生还有何求呢?

然而,坐吃山空,祖上的房产渐渐变卖殆尽。家中惟一值钱的就是这上万卷古书了。要想保住这些藏书非勒紧裤带过日子不可。秋水能过得惯那种清苦日子?再说,岑诗文也实在不忍秋水过那种清汤寡水的斋

庙生活。也许,惟一可以改变境遇的就是出让部分藏书。岑诗文心里透亮,觊觎他这些藏书的不是一家两家,只要自己松松口,换个千儿八百两银子,转眼就能办到。可书是他命根子,如何舍得割爱。

看来,生活逼得他鱼与熊掌不可兼得,似乎要逼他作出抉择。他常常望着那些藏书发愣,望着秋水发愣。秋水已成了他生活的一部分,他知道没有了秋水这个家将黯然失色。他很为难。

秋水是个乖巧的女子,她已看出岑诗文的窘境窘态。她想重下江湖,以维持这个家的开销,但又怕污了岑诗文的名声,举棋不定,左右为难。

那晚两人如胶似漆,一直商议到东方既白⋯⋯

进 京

> 虞尚音自知无生还希望，倒也坦然了。回想自己一生，空有壮志，徒有一身武艺，却报国无门。

秋高气爽，金风习习。

郑心原等几位友人依依不舍地把虞尚音送出了娄城，送他去参加省城的武乡试。

送至十里亭时，郑心原取出古琴说："且让愚兄弹奏一曲，送送尚音贤弟。"郑心原抚琴弹奏了他最偏爱的《高山流水曲》。

踌躇满志的虞尚音取过家人手中的梨花枪说："我来舞一回家传的梨花枪，壮壮行色。"

虞尚音在琴声的伴奏下，把一杆梨花枪舞得如蛟龙出水，滴水不漏。

"好，枪挑一条线，端的是好功夫，这回武乡试，贤弟中举当属小菜一碟，我等在家乡静候佳音。"

虞尚音从小有济世报国之志，他认为男儿驰骋疆场，马革裹尸是无上荣光之事。他五岁即开始习武，刀剑棍棒，无一不精；《孙子兵法》、《武经》等更是背得滚瓜烂熟。练武十余年，终于可一显身手，报效朝廷，这是何等让人快慰的事，虞尚音很有点少年意气，春风得意。

　　武科的乡试分内外两场。外场考试科目为马箭、步箭、弓、刀、石；内场考试科目为默写《武经》。但规定外场中试的方能进入内场。

　　虞尚音成竹在胸，他对自己的马术、箭术十二分自信，不说百步穿杨，至少箭无虚发。

　　主持乡试的是督抚大人，他见前来应试的虞尚音个头瘦小，文质彬彬的样子，朝虞尚音很不屑地哼了一声，说：

　　"这儿是堂堂武乡试的场所，不是儿戏之地。"

　　血气方刚的虞尚音见督抚大人如此小瞧他，一时冲动，脱口说道："此乃选拔武举人材，又非选美，岂能以貌取人……"

　　"放肆！竟敢以如此口气与本官说话，逐出考场，逐出考场！"

　　虞尚音的第一次考武举人就这样半途夭折而回。

　　三年后的秋试，虞尚音憋了一肚子的气，再次前去应试，这回他志在必得。谁料冤家路窄，主考官又是上次的那位督抚大人，他见虞尚音排在那些五大三粗、腰圆膀壮的考生中间，如羊入马群，不觉嘿嘿冷笑了几声。

　　常言道"海不可斗量，人不可貌相"，其貌不扬的虞尚音在五门科目应试中，竟门门领先，让众考官刮目相看。若按成绩，虞尚音当取为武解元，但督抚大人对虞尚音有成见，执意不肯录取。他说："若取了虞尚音这样的文弱书生为武举人、武解元，朝廷还以为我们地方上无人才呢，为大局计，只能牺牲他了。"

　　虞尚音一口血喷出，大叫了两声："奸臣当道，奸臣当道啊！"

　　有人劝他进京去告御状，但他想一个区区武秀才，进京告状，谁会搭理，侯门深似海，更不要说皇宫了，罢了罢了，虞尚音毕竟已不是三年前容易冲动的毛头小伙儿了。

　　铩羽而归的虞尚音无法排遣内心的苦闷，遂操琴而弹。

　　好友郑心原是娄城的弹琴名家，耳濡目染，虞尚音也算粗通音律。

　　郑心原很为虞尚音的遭遇不平，但一介书生，不平又能如何呢？牢骚太盛并无益。郑心原为宽解虞尚音的心境，对他说："你名为尚音，看来冥冥之中早就注定你应该学琴，而非习武。既然习武之路不通，何不

学琴一试,也好陶冶情操,自娱自乐。"

于是,虞尚音开始了学琴,不知是名师出高徒,还是虞尚音天生是学琴的料,虞尚音的琴技可用"与日俱增"来形容。渐渐,他也爱上了抚琴。

虞尚音不像一般习武之人,四肢发达,头脑简单,他爱读书,爱钻研。他取诸家之长而别创一格,提出了"和、静、清、远、古、澹、恬、逸、雅、丽、亮、采、洁、润、圆、坚、宏、细、溜、健、轻、重、迟、速"的二十四字要诀,他把《雉朝飞》、《鸟夜啼》、《潇湘云水》等因节奏急促而被某些名家轻视的琴曲收入了他辑成的《大还阁琴谱》,他演奏这些琴曲时,急而不乱,多而不繁,有轻有重,有急有缓,给人舒急自如的感觉。

多年来,虞尚音以琴音抒心声,他弹得最拿手的是《汉宫秋月》,此由相传为汉代曹大家所作。一次,京师掌管礼乐的陆大人来江南采风,无意中听到了虞尚音弹奏的《汉宫秋月》,他惊呆了,那琴声如泣如诉,如怨如慕,回肠荡气,余音绕梁。陆大人万万没想到小小娄城藏龙卧虎竟有如此奇才,他认为虞尚音琴技已远远超过京师的高手,埋没在乡野,实在可惜,回京师后,陆大人向崇祯帝禀告了江南之行的发现,特别提及了虞尚音的琴技。这几年来,崇祯帝被日渐衰败的朝政搞得焦头烂额,想散散心,可宫中的歌舞他早就腻了,一听民间有虞尚音这样的高水平的琴家,阴愁多日的脸露出一丝宽慰,轻轻吐出:"速速召他进宫,为朕弹一曲解解闷!"

陆大人深知像虞尚音这样的民间艺人往往生就一副怪脾气,如果直说进京弹琴,未必肯应诏,于是,陆大人没有明说进京弹琴,只说皇帝召见。

皇帝召虞尚音的消息轰动了娄城,郑心原等一班好友结伴前来为虞尚音饯行。

郑心原举杯祝贺时对虞尚音说:"天生君才总有用,总算可以一展抱负,为多事之秋的社稷出力效命,光宗耀祖了。"

虞尚音举杯一饮而尽,豪气十足地说:"上天有眼,一身武艺没有白学,总算有用武之地了,来日我若得胜疆场,请为我鼓琴,来日我若战死疆场,也请为我鼓琴。来,再干一杯!"

虞尚音进了京城,进了皇宫才知道,崇祯帝并非是要起用他,让他效命疆场，只是让他来弹琴作乐而已。虞尚音失望得心都凉了，他真想掷琴而去，但他知道，这是皇宫比不得地方。不过，胸中的那股气郁在心头。

崇祯帝让虞尚音先弹一曲《春江花月夜》，虞尚音倔强地说："《春江花月夜》小民不会，此时此地，最宜弹奏的恐怕是《玉树后庭花》。"

"大胆，你、你想奏亡国之音，你咒我是亡国之君，简直是犯上作乱。来人，交刑部处置！"

崇祯帝杀朝廷大臣如掐死个蚂蚁般随便，一个小小的琴师，在崇祯帝眼中，连蝼蚁都不如。

虞尚音自知无生还希望，倒也坦然了。回想自己一生，空有壮志，徒有一身武艺，却报国无门。君昏如此，国将不国，习武也好，弹琴也罢，都无法挽救大明的颓势，惟一遗憾的是一身功夫未能为国而用。杀吧，杀吧，眼不见心不烦，早死早解脱……

虞尚音正七想八想时，陆大人前来诀别。陆大人很内疚地说："是我害了你，是我害了你啊！"

虞尚音笑笑说："世间知音难觅，古语云'士为知己者死'，我这贱命也值得了。"

陆大人命手下取来酒杯，欲送一送虞尚音。

虞尚音推过酒杯说："陆大人若是尚音真知音的话，请取琴与我，让我弹奏最后一曲。"

陆大人即刻命人去取琴。

虞尚音调了调音，正襟危坐，静坐了好一会儿，他从容弹奏起了《广陵散》，先小序，再大序，再正声，再乱声，最后弹后序，五大部分45段，一丝不乱，一音不讹，时而如空山蝉鸣，时而如金蛇狂舞，时而梵音远去，时而如千军突来，抑扬顿挫，听得人痴痴呆呆，一曲终了，长久无声。半晌，陆大人回过神来，说了句："此曲只应天上有，人间哪得几回闻？可惜啊可惜。"

《广陵散》余音尚在耳边，行刑官已到牢中提人来了。

陆大人取过琴来，想以琴声最后送一送虞尚音，但只弹了两三声，琴弦即断了。他一时泪流满面。

郭芳轶事

> 可也是怪事，有了圣旨这资本，自有一班附庸风雅者不惜高价来向郭芳索取墨宝，还会说这可是万岁爷法眼看过的墨宝。

在娄城历史上，郭芳算是地方志有载的人物，只是后世已很少有人知道。

"武陵古渡"乃娄江八景之一。据记载：宋至和年间，有僧人文惠在此建桥，遂称古渡。

桥一建成，此处即成交通要津，人来人往煞是热闹。不久，桥堍酒楼林立，其中沧江风月楼最为有名。当地的一班士人学子常喜在沧江风月楼小聚小酌，一起共举金樽，细论诗文，算是一件极雅的事。时人曾有诗曰："沧江风月真无边，常伴楼中歌舞筵，炎热生凉昼作夜，况有巨浸横檐前。"从中可见沧江风月楼的魅力。

沧江风月楼虽不是销金窝，也是个花钱的去处。郭芳等人渐感囊中羞涩，不免有些气短。

一回，沧江风月楼卖艺不卖身的歌妓清芬见郭芳等又在清谈，忍不住上前调侃道："几位相公时常在此谈诗论文，真所谓近朱者赤，近墨者黑，小女子耳濡目染，也长进不少，日后朝廷开女科，定当去科场应试，说不定托各位洪福，闹个功名回来，图个一官半职，也好光宗耀祖，壮色桑梓。"

这一席话半真半假的,乍听是在讲她自己,细品话中有刺,无非是讥讽郭芳诸人耽于清谈,不思上进,不敢去应试博功名。

"连一个卖笑的歌妓也如此小瞧我等,我等还有何颜面在此高谈阔论,罢了罢了,看来这个雅聚要作广陵散了。"一名叫吴三省的士人说道。

此话一出,一时气氛悲观,大伙儿情绪黯然。

郭芳见此,呷一口茶,抚弄着手中的折扇说:"怎能如此消极呢,我辈岂是蓬蒿人,当仰天大笑出门去,方显儒生气质,学人精神。"

"自欺欺人又有何用,功名是这么好博的吗,古来皓首穷经,终老无成的又非一个两个。若兄你能京城弄个功名回来,小弟情愿在此风月楼宴请十天半月的,闹他个风风光光。"吴三省快人快语。

"一言为定。"

"一言为定!"

郭芳与吴三省击掌为信。

一个月后,郭芳又约大伙儿沧江风月楼相见。只见郭芳郑重其事地取出一黄帕包好的书札,发出来让各位文朋诗友过目。只见封面上有"沧江诗札"四个楷书,内中有郭芳与吴三省诸人的诗词。开首即是咏沧江八景的。如《题西寺晚钟》诗云:"楼观参差映落晖,数声敲罢客应归,山僧偷看长青树,犹是哦诗坐翠微。"还有如《岳麓晴烟》诗云:"长林日出青山近,碧瓦朱甍切太霞,郁郁苍松环翠黛,晴烟长绕玉皇家……"

吴三省等看不懂了,问郭芳这算何意?与应试与功名又有何干?

郭芳神秘一笑,说:"日后你们就会明白的。"

吴三省等岂容郭芳葫芦里卖闷药,非要让他说个明白不可。

郭芳卖足关子后,故意淡淡说道:"进献皇上。"

啥,呈给圣上?就凭你一个布衣秀才,就凭你私下里吟就的这些诗词,就凭你这一手未必能登大雅之堂的楷书,竟敢斗胆进献皇上?且不说十有八九这诗札到不了皇上手中,即便侥幸真到了皇上手中,皇上日理万机,也不大可能御览,退一万步讲,就算看了,会赏你一官半职?痴人做梦吧,闹不好,皇上一个手谕让你吃不了兜着走,落个永世不得翻身的下场。

吴三省诸人分析后,都劝郭芳就此打住,罢手还来得及,千万千万别去冒这个风险。

谁知郭芳主意已决,所有劝说,半句听不进。他胸有成竹地说:"我进有进之路,退有退之路,诸位尽可宽心。"

郭芳雇了车,直闯衙署,衙役们拦也拦不住,直到惊动了巡抚大人。巡抚大人见郭芳一副儒生模样,倒也客气,问其何事闯衙?郭芳不慌不忙呈上诗札,说务请巡抚大人鼎力相助,以献皇上。

巡抚觉得这是笼络士人的一个好机会,遂好言相慰,叫郭芳先回家,少安毋躁,静候佳音。郭芳走后,巡抚即令驿站传送献予皇上御览。

宣德皇帝每日里看奏章,看得昏头昏脑,蓦然见一堆奏折上竟有一本《娄江诗札》,犹如吃惯了山珍海味,突然来一盘野菜野果,倒也别有风味。

"古塘秋月"、"半径潮生"、"淮云雪霁"、"武陵市舍"、"吴浦归帆",那沧江的一景一景美不胜收呢。特别是当宣德皇帝读到《题"娄江馈饷"》"海波不动绝奔鲸,万斛龙骧一叶轻,三月开洋春正好,南风十日到神京"时,颔首轻轻说了声:"好诗好诗。"但再一看郭芳的那楷书,微微皱了皱眉,一时兴起,戏题:"诗乃好诗,字则差矣,令郭芳再习书法。"

宣德皇帝的御批一到娄城,吴三省诸人又惊又喜又惧。吃惊的是郭芳竟然被他赌赢了,高兴的是宣德爷夸奖了他们的诗词,惧恐的是御笔亲批郭芳之书法太差,这岂不等于判了他仕路的死刑,这如何是好?

万万没料到,最最高兴的是郭芳,他主动设宴沧江风月楼,邀请娄城文朋诗友。

宴席上,郭芳把宣德爷的御批让诸位同道一一过目,并再三关照:"务请宣扬。"

吴三省等弄不懂了,这对郭芳而言多少是有损颜面之事,有何值得宣扬之处?

之后,郭芳开了个书画店,把宣德皇帝的御批供奉店堂,他的书法落款必题曰"钦命再习书法郭芳",且定价奇高。可也是怪事,有了圣旨这资本,自有一班附庸风雅者不惜高价来向郭芳索取墨宝,还会说这可是万岁爷法眼看过的墨宝。郭芳从此财源滚滚,由小康而殷实。

郭芳对吴三省说:"北宋的柳三变能奉旨填词,我郭芳为何不能奉钦命习书法呢,这所谓抓住机会。"吴三省诸友还有什么话可说呢。

　　郭芳的开销有了这源头活水后,自费印刷出版了《沧江诗札》,扉页上还印有"宣德皇帝御批好诗"字样。据说后来郭芳还娶了清芬为二房。这扯远了,打住吧。

上官铁之死

> 天作孽,犹可救;自作孽,不可活。

上官铁一病不起,遍请名医名家诊之断之,都一筹莫展,说不出个所以然来。或曰"邪侵五内";或曰"忧思积疾",全部是含糊其辞,语焉不详。

病榻上的日子真难熬,上官铁只有每日里翻翻闲书,打发那长长的寂寞。他最爱看的是那本手抄本《娄江风月情》。

上官铁日见清瘦,病情日见沉重。上官铁在府门贴出告示,说若是谁能诊断出他的病源,治好他的病,将赏银千两,赏田百亩。

他相信重赏之下必有奇人高人前来揭榜。

医家、巫师,一批批进进出出,药,一服服吃下去,全不见丝毫起色。

上官铁心冷似铁。

就在上官铁绝望的日子里,来一乡下郎中。郎中旁若无人,昂然而入。望、闻、问、切四诊后,沉吟半晌,说:"须观察三日,方可断之。"

三日来,这位郎中衣不解带,静观不语。

第三天，他似已成竹在胸，可依然不露声色。只要求把上官铁日日翻看的《娄江风月情》带走，说要回去研究研究，以便对症下药。

上官铁甚为不快。心想：一个乡下郎中，能有什么真才实学。莫非想骗我的《娄江风月清》？扰我三日清静。本当杖之，看在三夜未睡之分上，免罚了。罢了罢了，走吧。此后，上官铁复用手指蘸唾沫翻过一页又一页，顾自看了起来，不再理会这位乡下郎中。

"上官大人——"乡下郎中竟斗胆抢下上官铁手中的书，连连说："有毒！看不得，千万看不得！"

上官铁先是一愣，继而嘿嘿而笑。

他指指书说："有毒？莫非你想说老夫看禁书看淫书，中其毒，受其害？"上官铁冷冷一笑，轻轻一声，"赶出去！"

乡下郎中还想说什么，但不容他开口，就被两位家丁逐出了门。

乡下郎中在上官府门外长叹一声，道："天作孽，犹可救；自作孽，不可活。"临走之际，他高声对上官府管家说，"三个月后我来祭悼上官大人，揭出上官大人的死之谜！"

果然不出这位乡下郎中的预言，三个月后，上官铁七窍流血而死。

衙役与医家断之为中毒身亡。但皆不知毒从何来？因为自上官大人卧病不起后，上官铁所有的饮食，均由厨师先尝，上官之妾再尝，似乎无下毒之机会。因查无实据，只好不了了之。

发丧那天，乡下郎中复又出现，他径直找到管家，要求验看那本《娄江风月情》。管家说，已随葬上官大人棺内，不便取出。

乡下郎中坚持说："上官大人之死，谜底尽在书中。"

但上官家人认为人死难以复生，不忍再惊动老爷，说入土为安，不肯再开棺取书。

上官铁之死也就因了《娄江风月情》入土随葬而被埋没了。

后来娄城传出这样的小道消息：上官铁死于砒霜中毒。因谋害者深知上官爱看淫书，且有手指蘸唾沫翻书之积习，遂在每页书边涂上砒霜，日长天久，上官铁积毒而发一命呜呼。

至于谋害者为谁，则说法不一。

一说是官场老对头欧阳家族，一说是其侄子，一说是其小妾串通管家而为……

书　恨

> 邹崇道忧心如焚，他觉得如此下去，将文化贬值，道德沦丧。他发誓非阻止小说的蔓延不可。

凌鼎年风情小说

　　清代时，娄城有个读书人邹崇道，出身书香门第。自小四书五经读得肩不能挑，手不能提，只会开口闭口"之乎者也"。他的书斋自命为"四勿堂"，即"非礼勿视，非礼勿听，非礼勿言，非礼勿动"。

　　因祖上留有若许田产，家底还算殷实，邹崇道信奉君子动口，小人动手，故而田产的事，他从来不问不管，只每日里与一班文朋诗友吟诗写对，他自谓"来往皆鸿儒，往来无白丁"。

　　邹崇道的七律七绝，五律五绝，还有排律都写得合辙押韵，无可挑剔，甚至骈体文也写得古奥雅致，文采斐然，令人疑是汉代佚文。

　　只可惜邹崇道的名头只在小圈子里排得上号，一般市民百姓并不看重他的诗文。他常感叹江河日下，人心不古。

　　邹崇道自认为是娄城这班文朋诗友中执牛耳的，常做东雅集。但后来邹崇道发现雅集之人日见稀少。一打听，方知娄城市面上出现一种谓之小说的新文体，吸引了不少士人相争购之，读之，藏之。据说原来旧好中,亦有人仿而写之,以寄情怀。

什么劳什子小说,竟有如此诱惑。邹崇道怀着一睹究竟的心理,去觅来一本署名兰陵笑笑生的《金瓶梅》。只读了一小半,邹崇道即连连摇头叹息,他耐着心又读了几页,看着看着不禁拍案而起:"如此淫书,竟得流传,岂非咄咄怪事!"

邹崇道决计在娄城扫净这类有悖礼教的淫秽之书。

邹崇道在家中砌了座焚书炉,题曰"火中清"。他遍访娄城书肆,凡发现小说,则倾囊购之,回家后则付之一炬。

他订出几条规矩:凡文朋诗友,有写小说者,概不与之往来;凡邹府家中,若有人购买、收藏、阅读小说者,必重罚,决不姑息。

为示决心,邹崇道特意给昔日往来甚密,交情不浅的王秀才写了封红字短笺,指责他竟堕落到写下九流的小说,断难再视之为友,忍痛绝交。

奇怪的是,娄城市面上的小说,非但未因邹崇道的火中清行动而有所减少,反而日渐多了起来。

邹崇道忧心如焚,他觉得如此下去,将文化贬值,道德沦丧。他发誓非阻止小说的蔓延不可。

邹崇道几乎每天外出寻觅小说,惟此为大。每日回来,把那一本本小说扔进火中清,在熊熊火光之中,他脸上才会有些许快慰浮现。

一次,邹崇道发现娄城书肆在偷偷出售一本名为《红楼梦》的书,他急急回家取钱欲全部购之而烧之。不想书肆老板奇货可居,开出天价,欲敲他一笔。谁知邹崇道咬咬牙,回家把田产卖了,把几百本木刻版《红楼梦》悉数购回,直烧了好几个时辰,才使那些刻本烟飞灰灭。

家人见他走火入魔,视他为疯子,把他关了起来。他则又哭又闹,说对不起祖宗对不起圣人,一把鼻涕一把泪的,愈发给人疯癫状。家人认为他真疯了,坚决不肯放他外出。

一日,他大叫要笔墨伺候,家人拗不过他,把笔墨给了他。他连书:"我无颜见孔圣人!我无颜见孔圣人!!……"

等家人发现他没了声音后,邹崇道已一根绳子悬梁,魂去多时。

茉莉姑娘

> 丁秀才上楼后,与茉莉姑娘竟越谈越投机,大有相见恨晚的感觉。

娄城风月楼的头牌突然换了人,新人艺名茉莉。

据见过茉莉姑娘的,都众口一词:好一朵茉莉花。

这茉莉姑娘何方人氏,芳龄几何,其身世背景,都没人知根知底,惟知她美艳绝人,天生尤物。青春是基础资本,貌美是第一资本,茉莉姑娘两样都全了,自然可傲视百花,开出高价。只是茉莉姑娘的价位也似乎太离谱了,竟然放出三不接客的口风:

一、少于百两的不接;

二、卖艺不卖身,欲非分之想者不接;

三、每日一客,余者不接。

好大的架子哟,娄城风月场中鲜见。

也是怪事,茉莉姑娘如此自抬身价,反惹得娄城一帮白相人春心难抑,争相携钱而去,想捷足先登,一睹芳容。

不久,风月场中传出这样的说法:这茉莉姑娘啊,乃狐狸精投胎,杨贵妃转世,不要说与之同枕共眠,就是看几眼也骨酥脚软,长夜难忘。

自茉莉挂头牌后,风月楼人气日渐旺盛,那一班在此花天酒地的,三句话不离茉莉,把个茉莉姑娘说得比九天仙女还九天仙女。

娄城的郎大人曾外放过一任知府,常言道"三年清知府,十万雪花银",何况他在任五六年,因政绩不佳,口碑甚差,被同僚参了一本,现赋闲在家,郎大人是位耐不得寂寞的人,家中已有三房妻妾,仍常往风月场中跑。

前一阵,他仿古人"腰缠十万贯,骑鹤下扬州",雇了船,烟花三月去了趟扬州,风流快活数月后,因盘缠告罄,只好无可奈何地打道回府。

待回到娄城,听说风月楼的茉莉姑娘要远远赛过天下闻名的扬州美女,撩拨得他一天也等不及了,第二天就携银百两,坐轿赶往风月楼。风月楼老鸨见是老熟客、大主顾,自然脸上生花,嘴里喷蜜,把他迎到了贵宾室。

郎大人干干脆脆,说:"我也不与你城头上出殡——远兜远转了。今朝来,只为茉莉姑娘,呶,银票在此,货真价实,分毫不缺。我郎某人为常客熟客,也不要求你打折优惠,也不要记账赊欠,我现钱现付,你也速速安排,来个银货两讫。"

老鸨脸上的笑容立时凝住了,她说:"郎大人,不是我不给你面子,实在是茉莉姑娘太红,预约茉莉姑娘的已排到下月底了,定金都付了一半,我若让你后来居上,恐向众人不好交代,还请多多海涵。"

老鸨把那张银票又推到了郎大人的面前。这不是灶膛里退出木柴来吗,少见少见,看来这茉莉姑娘果然红得发紫。越是这样,郎大人越不甘心,在娄城地面上难道还有我郎某人摆不平的事。他又摸出一张百元银票往老鸨手里一塞说:"我加倍付钱,这总可以了吧。"

老鸨见郎大人肯如此出血。一把抓过银票,心花怒放地说:"不看僧面看佛面,郎大人你出手如此阔绰,其他人只能往后挪挪位了。"

这厢事情尚未谈定,楼下又来了个读书模样的年轻人,自称丁秀才。说他乃外乡人,因慕茉莉姑娘之艳名,特地赶来一见。

老鸨见他一副寒酸样,估摸他也拿不出一百两,就笑嘻嘻说:"来的都是客,有钱是大爷,没钱免开口。"

丁秀才倒也坦率,他老老实实说:"银两我确没有,我此次来,既不

是来要茉莉姑娘陪酒弹唱，更不是希冀共度春宵，我只想一睹茉莉姑娘芳容，为她画上一幅美女图，写上一首赞美诗，我愿足矣，请能成全。"

老鸨这天心情特别好，所以也不发火，依然笑眯眯说："才子配佳人，佳话轶事呢。只是我让你上去，茉莉姑娘也未必肯让你上去呀。三不接客的条款是她定的，不是我定的。请回吧，攒足了银两再来，风月楼永远欢迎你。"

要是平时，老鸨这一席不阴不阳的话早使丁秀才受不了了。但今天是有求于人，只好忍了。丁秀才把一幅书画交于老鸨说："你把这交给茉莉姑娘，如果她看了后仍说不想见我，我立马走人。"

老鸨不信这一幅书画能抵得百两银钱，心想让茉莉姑娘回了他好让他死心，日后传出去，又是抬高茉莉姑娘的一则传闻呢。于是把画送到了茉莉姑娘房里。

茉莉姑娘展开画轴一看，心中兀自一动，如此传神逼真的画幅，她还是头一次见呢，但见那幅《遥想茉莉图》，把想像中的茉莉画成了一个有沉鱼落雁、闭月羞花的倾国倾城绝色，那眼睛顾盼有神有情，令人销魂。画幅空白处还题诗一首，最末两句是"但得睹真容，另作传世图"。落款是"丁扶遥"，多好的名字，浪漫而有气势。茉莉姑娘想，或许这丁扶遥正是我期盼中的那位吧。

茉莉姑娘终于破例同意见一见这位丁扶遥。

老鸨大吃一惊，这茉莉姑娘是不是吃错了药，竟然破了自订的规矩，让一个身无分文的穷秀才免费白进。不行，那边郎大人还等着呢，这郎大人可是花了二百两的主，岂能怠慢。老鸨一溜小跑上了楼，她要向茉莉姑娘讲清利害关系，不能让她任性胡来。

茉莉姑娘听罢老鸨一顿诉说后，口气很硬地说："我已定了主意，叫丁秀才上来吧。我不认识郎大人，也没答应过郎大人。请让他回吧。"

"你、你，茉莉姑娘你这不是叫我里外不是人吗？"老鸨急得头上汗都冒出来了。

丁秀才上楼后，与茉莉姑娘竟越谈越投机，大有相见恨晚的感觉。

丁秀才当即取出随身携带的墨盒，刷刷几笔勾勒出了茉莉姑娘的素描。丁秀才十二分自信地说:"茉莉姑娘的倩影、神韵,已印在我脑中,活在我心里,不出三天,我自当奉上一幅《倾国倾城绝色图》。能与茉莉姑娘相见,大慰我心,能为茉莉姑娘写真,我愿足矣。这画必传世无疑!"

楼上,茉莉姑娘与丁秀才话语投机,越说话头越稠。那楼下,郎大人等得心烦意乱,肝火旺升。郎大人想,我堂堂郎某人难道还不如一个穷秀才,日后传扬出去,我颜面何在?气极生妒的他关照家丁,等丁秀才下来后,在半路上教训他一顿,以出出今天这口恶气。

一直到掌灯时分,丁秀才方恋恋不舍告别茉莉姑娘。在回四海客栈的路上,要经过一个小巷子,突然,窜出几个五大三粗的打手,用袋子扣住了丁秀才的头,没头没脑,一顿毒打,可怜丁秀才糊里糊涂就成了棒下冤魂。

等巡捕衙役来到现场时,只见丁秀才被打得七窍流血,早魂归西天。丁秀才的血溅在了那张素描图上,其中有两摊血正好印在茉莉姑娘的芙蓉脸上,虽为素描图,却因这血色使画面生动了起来。

茉莉姑娘得知丁秀才的死讯,竟放声大哭,直哭得花容失色。

茉莉宣布:从当天起,她不再接客,要为丁秀才守孝。

老鸨听后,差一点儿一口血喷出,这不是倒了摇钱树吗?天底下怎么会有这么傻的女子。

老鸨问茉莉:"丁秀才是你什么人,你为他守孝,值吗?"

茉莉姑娘说:"丁秀才乃我的知己,人生得一知己足矣。为他守孝,值!"

郎大人闻知后,连连说:"疯女人,疯女人。"气得脸都变了颜色。

娄城两大姓

> 宋、唐两家虽无恩怨,但暗地里都把对方视为最大的竞争对手,暗暗别着苗头。

娄城最著名的名门望族有两家,一姓宋,一姓唐。宋姓在明代时出过状元,出过大学士、首辅,人称宋阁老,即宰相,相当于现在的总理。因此宋姓在明代时为娄城第一大姓。俗话说六十年风水轮流转,到了清代,宋氏家族趋向没落,唐姓开始崛起,出了父子榜眼,出了两位尚书,三位一品大员,于是,唐姓一跃为娄城的第一大姓,取代了早年宋氏的首富地位,宋氏家族原先的园林、祖屋等等也几乎全被唐姓购买了过去。

宋、唐两家虽无恩怨,但暗地里都把对方视为最大的竞争对手,暗暗别着苗头。

或许因为宋氏家族早衰败了,宋氏家族后人中有多人参加了革命,解放后娄城的第一任县长就是宋氏子孙。有人统计过,目前娄城宋氏子孙光在娄城副局级以上干部就有二十多人,官位最高的是市长宋三强。

唐姓家族解放时,有多人去了香港去了台湾去了美国,也有多人被划为地主成分、富农成分与工商地主成分。这一来,两家的兴衰仿佛又颠了个倒。

唐姓在解放后的几十年里,已没有任何实力与资本去与宋氏竞争,最多阿Q式地说一声:你宋再厉害,总在唐后面,唐宋元明清嘛。

宋氏家族的人听后,往往嘿嘿一笑,那潜台词是:你们唐姓也实在太可怜了。

历史,就是变化。这变化常常出人意料又不以人的意志为转移,这不,这几年,唐姓家族又开始抖起来了,因为好几位唐姓后人从海外来娄城投资办了企业,赞助了娄城好几个公益项目。早几年一直夹着尾巴做人的几位留在娄城的唐姓读书人,也一一落实政策,或人大代表,或政协委员,说话最有分量的是市政协副主席唐志方。唐志方是娄城师院的教授,是地方史研究专家,常发表一些考证文章,唐姓显赫的历史随着这些文章的发表,知道的人越来越多了。人们对唐氏的尊重也越来越加码。

唐姓与宋氏都有多位子孙在外地。其中最值得各自骄傲的是唐家出了个核科学家唐鹤飞,宋家也出了核科学家宋山雷,两人都是学部委员,两人都没回过家乡,最有意思的是两人的名字常常是连在一起的。搞核科学以前是保密的,因此娄城的宋姓唐姓两家一直不知道唐鹤飞与宋山雷是娄城人,直到近年才为新闻媒体所透露。

宋家很想把宋山雷教授请回娄城做客一次。

唐家也很想让唐鹤飞回来探亲一回,看看家乡,壮壮唐氏脸面。

只是两位教授都是大忙人,难以分身。

机会终于来了。夏日的一个下午,市委办公室接到电话,说宋山雷教授应邀到上海讲学,准备抽半天时间到家乡来看一看,大约只能停留五个小时。

这个消息使宋三强市长兴奋莫名,这不但是宋氏家族的骄傲,也是娄城百姓的骄傲。他立即关照下去,认真准备,隆重接待,并让电视台、电台、《娄城日报》《娄城晚报》都做好了采访准备,预留了版面。

这样的消息自然传得很快很快。娄城宋氏一族无不感到脸上有光彩,有的翻出了族谱,有的准备了笔墨,想请宋山雷留下墨宝,有的买了宋山雷的著作,想让他签字留念,有的准备了礼品,有的请好了拍照的,想与宋山雷合个影……总之,宋氏一族个个准备。

再说唐氏一族，听说宋山雷来，唐鹤飞不来，多少有些扫兴，不免神情怏怏的。

为了表示郑重起见，宋三强市长带了警车带了电视台等新闻单位的人早早等在了上海与娄城交界的地方欢迎。35℃的高温，等等不来，等等不来，真让人心焦。等了近两个小时后，来了一电话，说早到了，是从另外一条小路走的，现在去了娄城师院参观。

宋三强急了，没安排参观娄城师院呀，他怕接待工作不到位，命令司机立即赶去师院。

师院院长见宋三强市长来了，连忙迎上去想向市长介绍，市长为表歉意，没等院长介绍，一个箭步跨上去握住教授的手说："宋教授，欢迎欢迎，不好意思，没能接到你。"

教授一愣，随即说道："顺便回家乡看看，何必兴师动众，还劳驾你市长迎接，不敢当不敢当。"

宋三强一听忙说："于公于私我都该来接你，论公，你为国家作了那么大贡献，不来接你，我这个当父母官的心里不安呐，论私，你还是我堂叔呢，我能不来。"

"是吗？"教授又一愣。他想说什么但终于没说。

宋三强提议先到部长楼休息一下，与市四套班子领导见见面，接受一下新闻媒体的采访。

教授皱了皱眉，很勉强地上了车。警车开道，不一会儿就到了娄城宾馆，教授步下车来，发现宾馆内大幅欢迎标语写着"热烈欢迎宋山雷教授莅临家乡指教"。

教授呆呆地怔在那儿，半晌才说："我是唐鹤飞，你们是不是搞错了？"

宋三强惊得目瞪口呆，一时不知说什么好。

政协副主席唐志方得知来人是唐鹤飞教授而非宋山雷教授激动得差点心脏病发作。他立即打电话给娄城大酒家经理叫他准备好几桌酒席，并再三关照，长江四鲜鲥鱼、鮰鱼、刀鱼、绵丈鱼万万不可缺，还有娄城的特色菜一应准备好。这边通知了娄城大酒家后，那边他又叮嘱他侄子，赶快通知唐氏上得台面的人物，今晚在娄城大酒家为唐鹤飞教授接风。

　　急急忙忙安排好后,他又匆匆赶到娄城宾馆的部长楼。

　　唐鹤飞一听家乡唐氏亲亲眷眷要为他接风洗尘,忙推辞说不行。说六点半的飞机回北京,最晚六点前必须赶到机场,晚饭只能在飞机上吃了,并再三表示歉意。

　　唐志方虽然未能留住唐鹤飞教授,但依然满面春风,一脸喜色。

　　当晚,唐志方高高兴兴地宴请了娄城唐氏一族的长辈与有头有脑的人,那晚,他喝了个满脸通红,带着醉意,反复说:"痛快,痛快!……"

人 瑞

> 幸好老人留了一个大的牛皮纸信封袋,里面鼓鼓囊囊装了不少。史志办的人员拆开一看,竟是一叠白纸,并无片言只语。

盛世修志,古来如此。

近年,娄城经济起飞,可说是报上有名,电台有声,电视有影,好不风光。

有关文章写到娄城历史,总不外乎"鱼米之乡,人杰地灵"等等。据说娄城历史上名人辈出,确确实实文化积淀厚实,是个藏龙卧虎的地方。但奇怪的是这样一个历史名城,百余年来,却无一本正儿八经的地方志。于是,市里决定编撰《娄城志》。

第一步自然是搜集资料,经努力,资料是越收集越多,但编撰人员是越看越糊涂,因为资料与资料矛盾百出,对事件的记载大相径庭,对人物的评价更是天上地下。特别是对娄城的"黄陆两大姓,世代不通婚"的历史缘由,矛盾冲突,发展到宗族械斗等等,更是黄姓子孙撰的书稿有黄姓子孙的说法,陆姓后代写的文字有陆姓后代的说法,扑朔迷离,莫衷一是。

而黄姓与陆姓,是娄城的大姓,历史上都是名门望族,尽管各有兴衰,但都显赫一时,可以这样说,黄陆两大姓的情况写不清楚,《娄城志》必是打折扣的。

然而,复杂的情况还在于目前娄城的副书记是黄姓后人,正好分管宣传,这编撰地方志,他还挂着编委会主任衔呢。而眼下的人大常委会主任却是陆姓后裔,本来他并不会插手编《娄城志》一事,但当他听说黄副书记在抓这项工作,心里先是一个结,再加上陆姓的娄城人在他耳边天天说这说那,使得他不能不来顾问一下这编志的事。这一来,问题就更复杂了,历史的矛盾,现实的矛盾扭结在了一起。

真所谓公说公有理,婆说婆有理,双方各有依据,都引经据典,把陈年隔宿的历代老祖宗的珍藏本、手抄本、自撰本都一一翻了出来。只是,越是这样,编撰人员越难以下笔。

协商会议开了一次又一次,最后统一了意见,去采访娄城111岁的人瑞古明鉴先生。这位古老先生1885年出生于娄城,历经清朝、北洋政府、民国、日本人统治、新中国等好几个朝代,曾是前清秀才,肚皮里有点墨水的,对娄城的历史,对黄陆两大姓的恩怨,没有比他更清楚的了。更令人欣慰的是,据说古老先生老虽老矣,脑子并不糊涂,偶尔还吟首五绝、七律的,文绉绉的,很像回事呢。

去老人家是夏日的一个下午,老人躺在一张睡得发红发亮的藤椅上,轻轻地摇着蒲扇,怡然自得。

当他知晓来访者来意后,一时陷入了回忆、沉思之中,他醒过神刚想说啥,见来人拿出了笔记本,打开了录音机,遂摆摆手止住,说"修志是大事,草率不得,容我想想,隔几日再谈"。

当时陪同史志办去拜访古老先生的,既有黄家后人,亦有陆家后人。当天晚上,黄家后人携礼品专程来探望老人。他们向古老先生说了些啥,外人不知道,据说古老先生那一晚辗转反侧,整夜没睡好。第二天上午,陆姓后人也拎了大包小包来拜访古老先生。古老先生照单全收,还坚持要送客出门呢。

史志办人员再次去拜访他对,古老先生提出采用书面问答形式,以他的文字为依据,免得口头回答时,记录有误,将来以讹传讹,贻误后人。

那以后,古老先生天天关在房内很少出来,也不知他在干些什么。

一个月后，当史志办人员想去取古老先生的问答时，不想老人突然仙逝。

幸好老人留了一个大的牛皮纸信封袋，里面鼓鼓囊囊装了不少。史志办的人员拆开一看，竟是一叠白纸，并无片言只语。在那信封边上，是黄姓与陆姓后人送的礼物，老人连打也未打开，依然原封不动地放着。

藏书状元

> 最后评选的结果是：钱大宽，藏书状元。柯一粟，读书状元。

娄城图书馆与新华书店联合举办了一次"娄城家庭藏书"评选活动，自报与推荐相结合。

条件是一千册起报。

评选条件三条：

一、藏书数量；

二、藏书质量；

三、读书效果。

评委花三天时间，一家一户去看了五十多家参评的藏书大户。留下印象最深的是钱大宽家与柯一粟家。

柯一粟是享受省政府特殊津贴的高级工程师，光申请批下的发明专利就有十几项。谁会料到，柯一粟家竟没有一只像样的书橱，那些书或塞在纸板箱里，或堆在书桌上，他睡的床，里侧让书占了四分之一的地方。这些书，这里夹张纸条，那里涂涂写写，给人以乱七八糟的感觉。评委粗粗算了算，千把册书而已。

钱大宽是某公司经理，那住房与柯一粟家一比，就像从第三世界来到超级大国。其中有一间20平方

米左右的书房,除窗与门,三面墙,书橱顶天立地,里面全是大部头的精装书如全套的《莎士比亚全集》,全套的《世界文学名著》,全套的《传世藏书》……看着都让人眼馋。评委大约估算了一下,至少一万册以上。有人戏称柯一粟为柯千册,钱大宽为钱万卷。

在评选藏书状元时,两派意见明显分歧。

一种认为:按书多书精论之,哪家可与钱大宽相比!钱万卷不评藏书状元,总不见得柯千册评藏书状元吧。

另一种意见认为:藏书是为了读书,读书是为了学以致用,不发挥书之作用,藏书何用?柯一粟家书是少点旧点,但他胸中有书,读书读出了如此成绩,不评他评谁。

有评委出面调和,主张钱大宽评为藏书状元,柯一粟评为读书状元,来个皆大欢喜。

正这时,评委会接到一个电话,说钱大宽家的所谓藏书全都是装饰书,即只有封面,没有内芯的。这在广东很流行,是用来附庸风雅装饰门面的。

评委们一个个有了受愚弄的感觉,有评委要求电视台揭露之。电话打到电视台,专题部主任说:整个专题片已剪辑好,就数钱大宽家的藏书气派好看,差不多特写镜头全是他家的,若去掉了钱大宽家的镜头,这专题片也就拿不出手了。

这无疑是实话,如果全换上柯一粟家的镜头,读书人这寒酸样,什么影响。最后评委会主任一锤定音:评选结果不变。

评委会主任解释说:钱大宽是附庸风雅,但客观的社会效果毕竟是好的。如果张大款、李大款都来附庸风雅,有百利而无一害嘛。再说,如果钱大宽家不放装饰书,都挂些裸体女人,你又能拿他怎样。如果那间书房,他不放装饰书,辟一间麻将房,你又奈何得了他?

最后评选的结果是:

钱大宽,藏书状元。

柯一粟,读书状元。

评委会主任还立下一条纪律:关于评选内幕,到此为止,不得外传!谁外传谁负责。

带 徒 拜 师

> 他坦率地对苏跃说:"我不是想教你什么,我只是想推你一把。没有名分,想推也难。"

秋雨淫淫,下了三天,依然不像停的样子,本应秋高气爽的天气,因了这秋雨显得灰灰的,涩涩的。唐天羽斜靠在躺椅上,觉得那种酸痛已随着秋风秋雨侵入到了他的骨头里,肩关节酸痛得手都举不起来,一枝小小的毛笔以前挥洒自如,现在有似千斤。唐天羽的草书娄城独步,无人可比,识者评之"笔走龙蛇"、"龙飞凤舞",可眼下落笔,那笔下的线条显然已不能随心所欲了,年岁不饶人,病痛不饶人呵。七十大寿刚做,写字已力不从心了,看来我唐天羽书法的黄金时期已过,至少在走下坡路了。

唐天羽决定收学生了,他觉得已到了收弟子的年纪了。

曾有好几位书法爱好者想拜他为师,他断然拒绝,因此他至今无一正式入室弟子。

唐天羽不收弟子有他的历史原因。

唐天羽从小就有神童之称,到弱冠之年,他的书法已让一班老先生大大吃惊了。当时有热心人介绍他拜

娄城书法老前辈闵少奇为师,唐天羽很不以为然地回绝了,少年意气的他,觉得闵少奇的书法并不比自己高明多少,为何要拜他为师呢。唐天羽的傲气使他吃了大亏,他的书法越写越有个性,越写越臻成熟,但他进不了娄城的书法圈子,他的书法只能自娱自乐。

后来,有人指点他说:中国书画界,论资排辈之风由来已久,你不拜个大名头的为师,师承无门,谁来承认你?

唐天羽知道所谓凭真本事吃饭,只能说说,当不得真的,于是,他不很情愿地拜了上海书法界泰斗吴病鹤为师。

吴病鹤很器重他,多次带他出席书法界的雅聚,使他得以认识了不少书法前辈与名流。因了吴病鹤的介绍、推荐,唐天羽声誉鹊起,渐成气候。

唐天羽心知肚明,在书艺上,吴病鹤并无怎样的指导。但平心而论,自己的成名确与吴病鹤这位伯乐大有关系。唐天羽很感激吴病鹤,称其为恩师。不过,由此他也看穿了所谓的师徒关系究竟是什么关系,因此,他执意不肯收徒。

人是会变的,岁月把唐天羽的锐气、傲气都消磨得差不多了,他开始走近世俗。

唐天羽要收弟子,只要他一开金口,即刻有一帮书法爱好者想拜他为师呢。可惜那些诚心诚意想拜他为师的,他没几个看得中,用他的话说:"难成大器也。"

唐天羽看得中的是一位名叫苏跃的小青年,唐天羽认为他有悟性,天生是书法的料。不料这位苏跃与当年唐天羽的秉性有几分相似之处,他并不想拜唐天羽为师。他认为唐天羽已过了他如日中天的巅峰期,再说,唐天羽学的是怀素草书,他学的是王铎的书法,路数不对。何必虚担一个师徒关系的名声呢。

从来都是学生找老师的,这次倒了过来,唐天羽亲自找到苏跃,隐约表示了收他为徒的意思。苏跃自然已听出老先生的言外之意。按他脾性,他想一口回绝。但想想老先生亲自上门,一片诚意,毕竟有些感动,可话到嘴边,却变成了:"唐老,我草书根基浅,只怕误了您老一番美意。"

唐天羽拍拍苏跃的肩说："你真像当年的我。"于是他把年轻时如何拜吴病鹤为师的往事说了一遍。临走，他坦率地对苏跃说："我不是想教你什么，我只是想推你一把。没有名分，想推也难。"说罢，就慢悠悠出了门。

愣了半晌的苏跃终于追上去，恭恭敬敬叫了声："唐老，不，唐老师。"

唐天羽欣慰地笑了。

古黄杨

> 电视真是个好东西，多少年来默默无闻的一棵古黄杨，让电视台这么一曝光，立时家喻户晓。

《老房子》走红，走红于一个"拆"字了得。

娄城也不例外，娄城的头头脑脑也迷上了大拆大建。

娄城的老房子，少则三进，多则五进七进，真是院子中套院子，房子中有房子。"文革"后，娄城人口膨胀，住房紧张。房管所想了个既省钱又简单的办法，或把客厅隔成房间，或在院子中搭个灶间，若院落大，借墙起屋，借地造楼。以致楼外楼，房外房，陌生人犹如进入迷宫。

当一幢幢老房子轰然倒塌，夷为平地后，一棵古黄杨如美人出浴般展现在了人们面前。这是棵养在深闺人不知的古黄杨，连绿化办、文管会都一无所知。

按计划，这儿拆迁后将兴造一条美食街，古黄杨所在地正是美食街主楼所在地。房地产承包商见古黄杨有碍日后施工，令民工挖掉。

或许是古黄杨命不该绝，正当民工要动手开挖时，市报记者石若愚来拆房现场转悠，看看是否有啥新闻素材。

他一见是棵脸盆粗的古黄杨,职业的敏感使他觉得这棵古黄杨可能大有来头,应该大有文章可做,他制止了民工的挖掘。

石若愚借了把卷尺,一量,乖乖,主干135厘米,实足一个大洗脸盆般粗,树高6米多,树冠直径8米多,犹如一把巨伞,造型极是漂亮。

石若愚是娄城的名记者,肚里有点货色,他知道这是棵属于黄杨科的瓜子黄杨,在植物分类上属常绿小乔木,是一种生长较缓慢又较名贵的观赏植物,印象中儿时家里也有一棵黄杨,也是白皮黄杨,刚高出屋檐不多,约碗口粗,他爷爷就告知他有两百年以上树龄。如此说来,这样脸盆粗的古黄杨没有四五百年以上历史,如何长得到这般模样,石若愚决心认真查一查资料。

房地产承包商薄总经理听说一个记者阻止了黄杨的挖掘,大为光火,命令民工只管挖掘,他把烟蒂一扔说:"听我的,还是听记者的,笑话。还愣着干啥,去干活。"

石若愚知道,与承包商硬争是不会有结果的,他立即通知了文管会。文管会的人一见这棵古黄杨也吃了一惊,写了一块牌子,上书:"珍贵名木,文物保护,不得擅动,违者必究!"

这儿稳住后,石若愚马上查起了资料,好在石若愚是个娄城通。很快查明这古黄杨的所在地是原陆氏园林所在地。这陆家,在清道光年间出过一名状元,是娄城的名门望族。但陆氏园林也只一两百年历史,与这树龄不符,再查,石若愚发现这陆氏园林的前身来头更大,乃是明代大文豪王世贞的弟弟王世懋的园林澹圃。这王世懋虽比不得他哥的名头,也官至太常少卿,也留下过《王仪部集》、《艺圃撷余》等著作呢。看来这棵古黄杨是澹圃遗存,确实有四五百年历史。只是这仍是推论,为了保险起见,石若愚请省里的一位植物学教授来实地看了看,老教授以无可置疑的口吻说:"此古黄杨,为江苏黄杨之最,全国也属罕见。"

石若愚立即写了《娄城发现罕见古黄杨》的报道,以最快的速度在市报上刊登。他还请电视台的同行去实地进行了拍摄。

电视真是个好东西,多少年来默默无闻的一棵古黄杨,让电视台这么一曝光,立时家喻户晓。连那些老太仓都说没见过这么粗壮的古黄杨,更难得的是,四五百年了,不显老态,不见枯枝,依然蓬蓬勃勃,一派

生机,堪称奇迹。

　　舆论的作用有时还真不小,古黄杨的发现,古黄杨的命运引起了方方面面的重视。有关领导拍板,古黄杨保护下来,并要勒石刻碑,作为娄城的景观之一。

　　房地产承包商薄总大骂石若愚愚不可及,为了一棵树,害得他修改规划,损失多多。

　　石若愚笑笑说:"古黄杨保护了下来,这儿就成了风水宝地了,你这房地产说不定大大增值了,你该谢谢我才对呢。"

　　薄总一点即通,连忙说:"我请客,我请客。"

　　石若愚说:"把古黄杨保护这篇文章做好,到时我再来连续报道。"

　　薄总笑得很开心。

第四辑

蛇医世家

盲人夫妇

> 半个世纪的恋情，依然那样纯，那样真，怎不令人感动……

不知为什么，娄城大街小巷有一常见的景观会成为我心头久久难忘的定格——碎石子铺就的小路上，有一位仪态非凡的妇人，搀扶着一盲人，或有说有笑走向闹市，或默默地走向小巷深处他俩的爱巢。

最初我见到这幅图景是在我学生时代，那时我还不懂爱情，不知人生。我只觉得这是幅奇怪的不和谐的图景。试想，一个漂亮的姑娘，不选一个英俊潇洒的青年为白马王子，却与一盲人相依为命，这不滑稽吗？后来我去了外地工作，当我重新回到生我养我的故乡娄城时，四十年弹指一挥间，往日的记忆都成了历史，弥足珍贵。

娄城变了，变得不见了旧时貌旧时颜，娄城街上熙熙攘攘的人群几乎全是陌生面孔。

那是一个夏日的夜晚。我徜徉在老街旧巷，寻觅着儿时的足迹。突然，我又见到了那一幅熟悉的图景——一个头发花白的老太搀扶着一个古稀年纪的盲人，正向我走来——这是一幅久违的景观。此时此刻，我甚至认为这是娄城最美好的风景。我呆呆地看着他们，一动不动，直到他们消失在街角的那个拐弯处。

半个世纪的恋情，依然那样纯，那样真，怎不令人感动……

我的直觉告诉我：他俩之间必有动人的真情与曲折的恋爱故事。我有了采访他们的念头，有了写一写他们的念头。

他俩该有怎样的故事呢？

采访很困难，两位老人都不愿意提过去，是不是那尘封的记忆太沉重了？或者那是个不该开启的记忆匣子？

心诚则灵。我的真心与诚意终于使我听到了两位老人记忆深处的两个故事。

女孩的故事

刚解放时，女孩能歌善舞，活泼可爱，一南下干部相中了她，她也一眼看中了这位南下干部，这位南下干部留给她印象最深的是那双明亮有神的眼睛，那眸中爱的火焰深深地吸引了她。当她为这双诱人的眼睛献出少女最可宝贵的一切后，她才知道这位南下干部在老家山东早有儿有女有妻室。

受骗受辱的经历使她对那些诱人的眼睛产生了一种发自内心的反感。

南下干部表示可以与家中发妻离婚，再娶她为妻。那双眼睛似乎很真诚，但她断然拒绝了。她说受骗一次已足够一生反思。实际上，她是拒绝了一个官太太的命运，她以后的命运也就可想而知了，不过她无怨无悔。

盲人的故事

盲人并非天生眼瞎。年轻时，他是个风流倜傥、多才多艺的活跃青年。他看中了一位漂亮姑娘，于是他使出浑身解数追求她。姑娘也对他一百个满意。就在两人结婚前夕，不料女方突然变卦，宣布要嫁给一位

当官的。事后才知道,姑娘的父亲嫌未来女婿家庭出身不硬,不会有光明的前途。他另外挑了位当副局长的女婿。姑娘两相一比较,觉得与爱情相比,当副局长夫人这砝码要重得多,因此,昔日恋情一刀斩断。

"我瞎了眼,我比瞎子还不如!"万分悲痛中的他,竟愤而刺瞎了自己的双眼。他说:从此后,他再不用眼睛来观察、认识别人了,因为眼睛会欺骗他。

以后的故事就简单了,受过眼睛欺骗的姑娘选择了盲青年为终身伴侣。盲青年用心感受到了这位姑娘的真诚,于是决定相爱终生。

再以后的故事就复杂了,爱情路上的风风雨雨,人生路上的风风雨雨,特别是"文革"中的风风雨雨,够写一部长篇小说。留待我以后慢慢告诉读者吧。

服 装 姚

> 他对待岗工人有一种不同于常人的同情，他招工的原则是待岗工人优先。

服装姚，听其名就知道是做服装生意的，服装生意做大了，在服装界里有了点儿知名度，赚了个"服装姚"的外号。

服装姚原先是服装厂的检验员，后来厂子不景气，待业在家无活干，每月250元生活费。一家老小要吃要穿全指望他，咋办？逼上梁山，他做起了服装生意。

他干过服装厂的检验员，这服装质量好孬，他一目了然，凭这手硬功夫，他进的货，从未有伪劣假冒的。做服装生意的同行都佩服他这一手，后来，都到他手里来批发，他生意做大了。

有些个体户暴发后，饱食思淫欲，或赌或嫖，挥金如土。服装姚一点儿未沾染这些恶习。或许待岗在家的那种日子留给他的印象太深刻，他对待岗工人有一种不同于常人的同情，他招工的原则是待岗工人优先。

一个偶然的机会，市报的一记者听说了这事，来采访了他，写了篇报道登在了市报上。这报道一见报，电视台也来采访他，电台也来采访他，服装姚名声一下超

越了服装界。

娄城近一两年待岗的只见多，不见少，成了个社会热点问题。服装姚招聘待岗女工，说起来杯水车薪，不解决大问题，但一个干个体的能想到待岗女工，社会上口碑不错。再说，他这样做，客观上总是为政府分忧吧。如果个体户都能像他这样，政府的压力也会减少不少，因此，市里的头头脑脑，对这位服装姚的印象也不错。

明年市里的人大、政协要换届了，政协估计要换掉百分之四十，为了早做准备，今年开政协会时新增了若干名列席代表，以便下次换届时换上。鉴于服装姚的知名度，他也是新增的政协列席代表。政协会议第三天是讨论市长的政府工作报告。讨论很热烈。

这会议期间，电视台的几位记者成了大忙人，到处寻找新闻。服装姚虽不是正式政协委员，却是个新闻人物，记者对他表现出了少有的兴趣。

服装姚因为不是正式政协委员，说话无顾忌。他说市长的讲话其他都好，就是待岗问题太轻描淡写，竟两行字一笔带过，这恐怕不是实事求是的态度。接着他讲了据他知道纺织厂有多少多少待岗工人，化工厂有多少多少待岗工人。还讲了不少待岗工人待岗后生活难以维持的例子。他提出政府能否少买几辆轿车，少用一些大哥大，多解决一些待岗工人的上岗问题……

服装姚的发言激起了阵阵掌声，连摄像记者也说：一个做服装生意的个体户有如此见识，难得！

服装姚侃侃而谈的发言镜头，因种种原因，播放时未出来，但政协的简报中有他发言的部分摘要。他的这个发言影响不小，反响不小。

政协会后不久，有次市长碰到政协主席，突然问："服装姚又不是政协委员，怎么让他到政协会上指手画脚批评政府，这对安定团结局面很不利……"

政协主席没有解释。

后来，政协主席把服装姚的名字从拟增补的政协委员名单中划去了。

杨美人

> 我只想把美带给别人。
> 请忘了我那次发病。

杨美人艺名叫杨也妃,顾名思义,她的花容月貌也与杨贵妃一样美一样媚,属杨贵妃第二。这自然不无夸张的成分,广告的成分,不过在娄城,杨也妃确也算得头挑的美人了。她是沪剧团唱花旦的,是剧团的台柱子演员,是娄城为数不多的一级演员之一。

据上了年纪的人回忆,早先杨也妃年轻时,那种漂亮才叫漂亮,她到哪儿演出,哪儿就出现一群捧场的。场子里喊好的鼓掌的至少在六七成以上。

或许是杨也妃扮相美,唱腔美,娄城人都叫她杨美人。

这杨美人舞台上给人美的形象,生活里也极注意仪表,可说是娄城第一爱美之人。

早先娄城只有一家新华照相馆,橱窗里放的就是杨美人的照片,有她舞台上的亮相,有她的生活照,有她的艺术照,都放大至20寸,还上彩色呢。橱窗前每每有小年轻看了还想看,看了不肯走。

杨美人结婚不久,肚子开始凸了起来,她自己觉得

这有损她原来在小城人眼中那美好的形象,就躲到了乡下她娘家,直到孩子生下才回娄城。

杨美人听说给孩子开奶后人会发胖,体形会变,竟不肯母乳喂养孩子。开始,这还受到了表扬的,领导夸她为早日恢复体形,早日重返舞台,忍痛把孩子交给奶妈养。哪想到,到了"文革"时,这成了她的罪状,说她资产阶级臭美的思想严重,为了所谓的美,竟舍得把亲生骨肉交给一个富农的老婆喂养,心肠何其硬也,阶级立场何其歪也。

在批斗她的时候,造反派要在她头上剃一个十字,她见有人拿来了剃头刀,拼死不从,挣扎着要撞墙……

造反派头头火了,用军用皮带抽她。她也不躲闪,不哭叫。这样,造反派头头打着打着就没了兴致。

有人对造反派头头说:她杨美人红就红在脸蛋上,破破她的相,看她日后还走红不走红?

这点子刺激,造反派头头阴毒地笑了。

杨美人一听要破她相,如一头发怒的母狮,粉脸紫张着大叫:"谁敢破我相,我不会再多活一天,不过我化作厉鬼也要咒他子子孙孙不得好死……"

杨美人如疯了一般,不停地大叫大喊。造反派头头不知是怕担这个罪名,还是迷信思想作祟,最后骂了几句粗话扬长而去。

到改革开放的年头,允许打扮,允许美的时候,杨美人已青春不再。但她爱美之心不减。烫头发、穿牛仔裤、穿T恤衫、上美容院等等,她都走在头里,在娄城领风气之先。

如今,杨美人虽说过了古稀年纪,那气质那风度依然咋看咋舒服。

谁知前不久杨美人参加市文联组织的老作家老艺人座谈会,突然莫名其妙地倒地,只见她须臾间神志丧失,全身抽动,面色青紫,口吐泡沫,牙齿咬得嘎嘎响,嘴唇都咬出了血,那脸整个儿歪了斜了,可怕极了,邻座的一位评弹老演员吓得不知所措。幸好有位老作家见多识广。他说:"可能是羊痫风大发作,采把青草让她咬一咬就会没事的。"

真有人去拔了一把草来让杨美人咬,也不知是青草的神奇功效,还是原来就该停下了,反正,杨美人一咬草,不一会儿就安静了下来,手脚

也不抽搐了,眼也不翻白了,嘴角也不歪斜了,脸色也平和了,只是神志仍昏昏的。

杨美人在医院住了一星期就出来了,似乎没太大的后遗症。

医生告诉她,经脑电波检查,确诊为"继发性癫痫",关照她以后常服苯妥英钠这抗癫痫的药物。

杨美人死活不信。正好那天文联秘书长在会场上拍照,拍下了杨美人当时的面容,杨美人见自己发病时是如此丑陋不堪,回家大哭了一场。

第二天人们发现她躺在床上平静地去了。显然,她精心化过妆了,那神态极其安详,那种令人心仪的气质一点儿没变。

杨美人的床头柜上有一只安眠药的空瓶,空瓶下压着她的遗书,给人们印象最深的是这样一句话:我只想把美带给别人。请忘了我那次发病……

老 瞎 子

> 对，换瞎子，用我的瞎子换别人的瞎子，再换孩子的瞎子。

　　老瞎子其实并不老，大约近50岁吧。据说是解放前一年生的，生出来眼睛就像蒙了层雾似的，到底啥毛病，一直也没认真查过，反正他看出去，整个世界模模糊糊的，从小家里人就叫他瞎子。

　　瞎子姓劳，一个冷僻姓。有人叫他劳瞎子，后来以讹传讹，都喊他老瞎子，他也不恼，依然嘿嘿嘿笑笑，一副憨厚得让人可怜的样子。

　　老瞎子算半残疾人，工作不好找，后来居委会介绍他去环卫所，当了清洁工。他这清洁工不负责扫大街，只管几只水泥垃圾箱的垃圾清扫。每天一清早，老瞎子就拉着垃圾车出发了，嘴里"叭叭，嘟嘟"地叫着，仿佛他拉的不是垃圾车，倒是开的小轿车。但娄城的人都知道他眼睛不好，他不这样叫，撞着了咋办。

　　老瞎子一干就干了近三十年，他嘴里那"叭叭，嘟嘟"的声音，就像酒酿王的"小钵头甜酒酿来哉"的吆喝声一样，娄城人几乎个个耳熟能详，一城人没有不知道老瞎子的。有人说，老瞎子姓劳，注定他一生劳碌命。随即叹息一声"老瞎子真是命苦"。

也有人说:这城里活得最无忧无虑的是老瞎子。随即感叹道:"知足常乐呵!"

老瞎子的内心世界只有他自己知道。他不怕干活,他说只吃不做那不与猪一样了,但他至今独身,无儿无女,他担心哪天死了,连个哭的人也没有,这是他的心病。

那是初夏的一个早晨,老瞎子照例拉着垃圾车,一路"叭叭,嘟嘟"而去,突然他听到垃圾箱边上有婴儿嘶哑的哭声。大清老早的,垃圾箱旁哪来婴儿,莫非老天赐我的,老瞎子眼不好使,一个襁褓中的婴儿还是认得出的,他抱在了怀里不肯松手,像是怕人抢去。

有人看到放在婴儿身上的信,说是弃婴,建议先送派出所,让家人来领回。

老瞎子第一次激动得几乎与人吵起来,他说:这孩子我认领了,谁也别想要回去!

从此后,老瞎子的垃圾车上多了个摇篮,他人到哪儿,这摇篮也到哪儿。老瞎子又当爹又当娘地养着这孩子。可以这样说,这孩子是吃百家奶活下来的,因这孩子是在垃圾车上长大的,有人叫她垃圾千金。

自从有了垃圾千金后,老瞎子觉得一切的一切都因此美好了起来。他的"叭叭,嘟嘟"声也更拉腔拉调有韵味了。

垃圾千金长到3岁的时候,生起了病来,且来势很凶,老瞎子急急地把孩子送到了医院,因这孩子是黑户,不能享受劳保医疗,需自费。

自费就自费,老瞎子情愿花这钱。

可医院一开口就叫先交五千元,这简直是抢钱嘛,好,好,好,五千就五千,孩子病要紧。

医生检查下来说孩子肾功能衰竭,老瞎子听不懂肾功能肝功能的,他只问:孩子这病有救没救?

医生说:惟一的希望就是换肾。

换肾就换肾,要多少钱,说个数,不够我哪怕挨家挨户去讨。老瞎子闹明白换腰子,没十万八万不解决问题时,他傻眼了,不行,一定要救孩子,非救不可!咋救呢?这可不是一万两万,就算借,就算讨,一时间哪有

本事弄十万八万的,老瞎子急成了热锅上的蚂蚁,也许是应了急中生智这老话吧,他突然抓住医生的手说:"割我的腰子,换我的腰子!我眼不好,腰子呱呱叫,你看看我这身体,老虎也打得死,换我的腰子,我皱一皱眉头不姓劳……"

医生也很同情他,医生摊摊手说:"你说说,你半百年纪的人,你腰子3岁孩子能用吗?"

老瞎子一下瘫在椅子上,脸色惨白。

"去筹钱吧,有了钱,换啥年纪的肾都有办法解决。"医生开导他说。

"钱钱钱,我每天车上装的是垃圾,不是钱呀。我难道去偷去抢不成?"老瞎子知道,就算把家中全部家当卖掉,也值不了几万元,他万万没想到,活了一把年纪,竟让钱逼到这份儿上。

"换腰子,换腰子……"老瞎子痛苦地喃喃自语着。

蓦然,如一道闪电,刹那间照亮了他脚下的路。对,换腰子,用我的腰子换别人的腰子,再换孩子的腰子。

老瞎子兴奋得像发现新大陆似的,他不顾一切地冲到了院长室,一边跑,一边"叭叭,嘟嘟"地喊了起来……

蛇医世家

> 阿秋舍不得梨香受苦,他决定发挥一技之长,利用业余时间去捉蛇。

娄城中医院的何医生早先乡下人都喊他蛇郎中的。捉蛇、医蛇咬是何家祖传。

也是怪事,何家的人天性不怕蛇,即使被毒蛇咬了,也最多红肿一块,几小时就消退,如未咬一般。据说反倒是蛇惧怕他们何家的人,也许吧,至少我有几分信。

何医生治毒蛇咬不用季德胜蛇药,只用他配制的何氏蛇药,治当地的蛇咬特别有效,救活过不少人呢。

早先蛇多,所谓"一朝被蛇咬,十年怕井绳",常常有老屋的住户来请蛇郎中去捉蛇。

捉蛇乃何家一绝,如果上老屋,蛇郎中只需屋前屋后转一圈,就可告诉你大约有几条蛇,是黄眉蛇还是火赤链蛇,或者是乌梢蛇、是土公蛇,甚至还能八九不离十地告诉你是多大的蛇。若是黄眉蛇、乌梢蛇等,蛇郎中就说这是护家蛇,吃老鼠的,不捉为好。若是火赤链,因颜色比较怕人,蛇郎中就据迹寻蛇,捉到后往竹篓子里一放,等无人时野地里偷偷一放。若是蝮蛇,则对不

起了,那蛇胆是要取下的。蛇郎中进中医院当了何医生后,一般不出去捉蛇了。事实上,如今蛇也越来越少,也极少极少再有人请他捉蛇。

大概是遗传因子起的作用,何医生的儿子阿秋从小就喜欢玩蛇。他敢把乌梢蛇盘在头颈里进教室,常把胆小的女同学吓得哇哇直叫,他则开心得大笑。

1969年,阿秋插队去了苏北农村,苏北地多人少,野地里特多的是蛇,知青都怕蛇,独他不怕,很是出了几次风头呢。

有天晚上,住隔壁的女知青屋里突然发出恐惧的尖叫,原来床上发现了蛇。阿秋笑嘻嘻过去,只见他手一伸,即抓住了蛇尾巴,三抖两抖,那蛇就呜呼哀哉了,赢得女知青一片赞扬声。

最值得一提的是,那年邻队的女知青梨香在野地里小解时被毒蛇咬了,赤脚医生见回天无力,关照准备后事吧。阿秋知道后,一路急奔而去,跑得上气不接下气的阿秋,进门一见梨香又红又肿、红中泛紫泛黑的腿,大叫一声:"男的都出去!"

男知青回避后,他抓过剪刀,一下把梨香的裤管剪开了,随即他摸出一把小刀,在梨香大腿内侧蛇咬处狠狠地划了个十字的口子,阿秋也不顾男女有别,用嘴凑在那十字刀口上,吮了吐,吐了吮,把那又黑又毒的血水全吸了出来,阿秋的汗一滴又一滴地落在梨香白嫩的大腿上,之后,阿秋又用家传蛇药敷在了那十字刀口上——奇迹竟然出现了,昏迷了一天一夜的梨香终于醒了,从死神那里回来了——梨香后来也就成了阿秋的老婆。

阿秋很爱梨香,可梨香待岗了。梨香、阿秋都属老三届毕业生,该读书时没好好读到书,如今上有老下有小,拖家带口时却摊上了待岗。偏阿秋的厂子也不景气,能发出工资就满不错了,根本别指望奖金,日子一下子紧了起来。阿秋舍不得梨香受苦,他决定发挥一技之长,利用业余时间去捉蛇。如今蛇肉走俏,且蛇越毒越走俏,卖给宾馆酒楼能卖到好价钱呢。

阿秋去捉了几回蛇才知道,这碗饭如今不好吃。啥原因?——捉不到蛇。

阿秋知道他爹捉蛇有绝活,再隐蔽的蛇迹也逃不过他爹的法眼。谁知何医生知道阿秋要捉蛇补贴家用,把阿秋一顿臭骂。

骂归骂,儿子一家的生活总是个心病。何医生想来想去,想出了个办养蛇场的点子。

阿秋索性停薪留职,办起了"蛇郎中养蛇场",还聘请已退休的何医生当了顾问。

此事被信息灵通的记者知道后,市报还发了篇《蛇医世家有新传》的报道。

阿秋踌躇满志,准备大干一场。

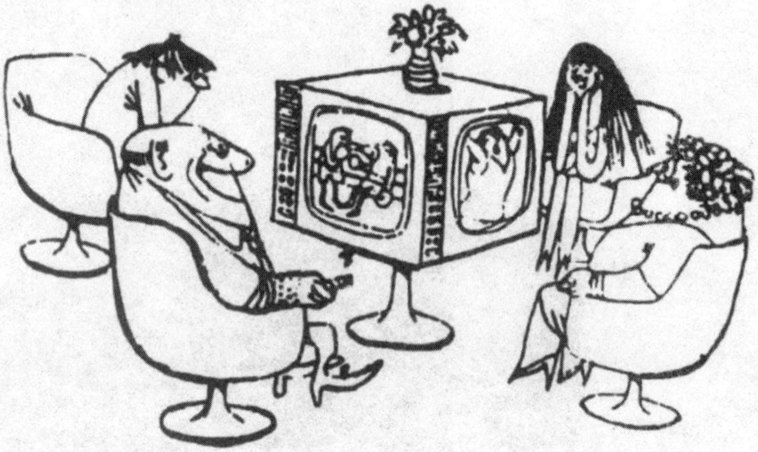

第五辑

美的诱惑

求画者

> 个别有眼力的书画收藏者千方百计在觅高一清的书画,并断言:高一清的书画将来必成倍成倍增值。

高一清的名头不算很大,不过欣赏他的人称他为诗书画三绝,说他属大师级水平。

高一清是个怪人,一不参加协会,二不参加展评,三不拿出去发表。或许是这三不主义缘故吧,有人说他的名字该倒一倒才对。这一倒就成了清一高。高一清的清高有时叫人难以理解。譬如县太爷要去日本或东南亚访问,县委办公室的登门来求画,他一句"鄙人之画不登大雅之堂"。断然拒绝,弄得来人好不尴尬。来人说:"我们不白拿,你开个价,公来公去的事没关系的。"要是换了别人,说不定来个狮子大开口,你要就要,不要拉倒。还趁机抬高了自己的画价,多好的机会啊。可这高一清的书呆子气上来了,他倔倔地说:"我的书画是非卖品!"

或许是高一清的这怪脾气,故高一清的书画流传在外的极少。个别有眼力的书画收藏者千方百计在觅高一清的书画,并断言:高一清的书画将来必成倍成倍增值。

一天，高一清家中来了一对中年夫妇，自报家门是尹天艺的儿子。尹天艺是高一清的同学，是从小玩到大的好朋友，尹天艺的篆刻，是高一清最为欣赏的，所以高一清的姓名章、闲章、斋名章差不多都出自尹天艺之手。可惜尹天艺去年夏天死于脑溢血，让高一清唏嘘不已。

如今老同学的儿子来了，就等于是自己的大侄子来了，高一清自然客气相迎。

尹天艺的儿子尹小艺倒也快人快语，他说前几天家中失盗，其他损失可忽略不计，最最痛心的是那幅《松下操琴图》也不见了。高一清兀自心中一沉，因为这幅是他平生最得意的一幅中堂，寓意高山流水有知音之意，是他特意相赠与尹天艺的。此画当年就有人愿出高价购之，但高一清觉得送给尹天艺比卖一百万更有价值，更让他欣慰。没想到自己的这幅精品力作竟不知所终，不免有些莫名的茫然。

尹小艺说："已报案了，警方正在侦破之中，但也不敢抱破案的希望，十二分地对不起高老先生。"

高一清自然宽慰他几句。

这后，尹小艺又说了一通如何如何喜欢高一清书画的奉承话，言下之意无非是想请高一清再画一幅，只是开不出口，那几句话一直哽在喉咙口，欲言又止，欲止又言。

高一清是何等聪明之人，想想尹小艺夫妇专程上门拜访，也算是心诚，看在他父亲面上，就不让他白跑这一趟，因此他指着挂在墙上一幅《溪山飞瀑图》，与一幅《赤壁泛舟图》说："这两幅是我新作，你可任选一幅。"

尹小艺喜出望外，他像个鉴赏家似的细看起两幅画来，好半天，他对他妻子说："这幅《溪山飞瀑图》妙，山横翠微，瀑似天降，动静相合，空濛空灵……"他妻子颇不服气地说："我看这幅《赤壁泛舟图》更是精妙无比，你看看，高高的赤壁，我自岿然不动，轻摇的小舟，何其优哉游哉。也是一动一静，那火烧赤壁的历史，那文人雅士的泛舟凭吊，其内涵何其深刻……"

就这样，尹小艺与他妻子一个说这幅好，一个说那幅好，争来争去，谁也说服不了谁，倒似开辩论会。高一清是个喜静不喜闹的人，他见两

人意见相左,各执己见,有点烦了。最后开口说:"两位也别争了,各人一幅,各取所好。"

高一清此话一出,两人像孩子似的叫了起来,千恩万谢后辞别而去。

仅仅过了半年,有位收藏家拿了《溪山飞瀑图》与《赤壁泛舟图》的照片,来请高一清鉴定是否真迹。

高一清一看,血压一下子上去了,平素修养极好的他,差点骂出声来。他万万没料到尹天艺生了这样一个混账的儿子,还娶了一个这样混账儿媳,两个人来演双簧骗画,原来只为了钱。"是我瞎了眼,是我瞎了眼!"

高一清发誓:从此只当不认识尹小艺,只当没这个大侄子。

又过了两个月,突然有一位不速之客来访。来人是新华社的一位记者,他专程来采访高一清如何献爱心的。说得高一清如坠云里雾中,不知是怎么回事。

原来记者是为《溪山飞瀑图》与《赤壁泛舟图》来的。这两幅画已由东方拍卖行拍卖,其善款已捐助给了一位有神童之称的白血病患者,而且是以高一清的名义捐的。

高一清吃惊得愣在那儿,一时不知说什么好。

半响,他说:"我要给小艺大侄儿重新画一幅!"

听得那记者莫名其妙,心想这高一清老先生怎答非所问。

洋 媳 妇

> 老话说"六十年风水轮流转",难道六十年后,反倒是我的思想跟不上形势了?

时间:1937年

在娄城,黄家算是个名门望族。翻翻族谱,黄氏一族历史上出过不少有功名的祖先呢。只是到了黄石坚这一代,黄氏一族已不那么景气了。

黄石坚是黄氏一族中读书最多的一个,族人把中兴的希望寄托在了他的身上。谁料到,这年夏天,黄石坚竟自说自话携了个黄头发蓝眼睛高鼻梁的外国妞回到了娄城,说这位玛丽娅是他的未婚妻。

荒唐,荒唐,简直是天大的荒唐!

放着本乡本土贤惠温顺的大家闺秀不娶,去弄个非我族类的洋妞为媳妇,这算哪码子事。

黄家的长辈就如统一了口径似的,个个反对,人人说不。

更令黄家长辈不能容忍的是黄石坚竟与那洋妞手挽手公然走在娄城大街上,这成何体统,成何体统啊!

是可忍,孰不可忍的事还在后头呢。那洋妞先是穿着袒胸露背的衣服与短只及膝的裙子上街,后来索性穿着三点式的泳衣泳裤在水清水碧的盐铁塘作美人鱼式戏水,引得岸边不少人驻足观望,成为娄城一大新闻。黄家长辈觉得这实在是有伤风化,把黄家的脸都丢尽了。最后商议出一个意见:要么黄石坚即日起就把洋媳妇送走,从此一刀两断;要么逐出黄氏一族,从此了无瓜葛。

黄石坚据理力争,指出长辈们的守旧,指出长辈们的缺少民主精神……

这一来,更触怒了黄家长辈,一致把黄石坚视为黄家的叛逆。

黄石坚愤而带着玛丽娅离娄城而去,据说去了玛丽娅的家乡。

黄家长辈把黄石坚的行为看做是黄家的耻辱,达成了默契,从此再不提起黄石坚,也不允许谁去打听他的下落,让他自生自灭,从黄家族谱上永远消失,了无痕迹。

时间:1996年

黄石坚悄悄地回到了娄城,寻到了侨办说想回乡定居。

按规定外籍华人回乡定居,家乡必须有亲属方行,侨办热情地为之寻找。

黄家子孙听说黄石坚从美国回来,欣喜莫名,极隆重地把他接了回去。

黄石坚说想归宗认祖。

黄家子孙说:你从来都是我们黄氏家族的骄傲。当年那些老糊涂们的话,谁当他们真。

黄石坚这几十年在海外也积蓄了几个钱,回娄城后造了幢小楼,他准备安度晚年,颐养天年。

黄石坚太太平平日子过了没多久,麻烦事就找到他头上了。

先是一侄孙女要去美国读书,请他找人担保。这边一个未办妥,那边又来了两个,黄石坚一个也不认识,只知都是黄家子孙。留学总是好事,黄石坚也就尽量想方设法去办。一时间,黄石坚几乎成了黄氏族人出国留学的总代理。他弄不懂,怎么读了点书,不想如何报效国家,怎么都光想往外国跑。当年自己出洋是迫不得已呀,这不,热土难舍,又回来了。

黄石坚毕竟八十开外的人,自从老妻玛丽娅病故后,他的身子骨也一天不如一天了。原想回国好好静养的,哪晓得回来后烦心事更多。

近来更烦人。黄家子孙中有两位二十来岁的大姑娘,结伴跑来找黄石坚,要他老人家做月老牵牵线,想嫁个高鼻子蓝眼睛,去做洋人的媳妇。

黄石坚气不打一处来,好好地在国内过日子不蛮好,却偏要嫁洋人,你以为当洋人媳妇这么好当。不行,这事不行。你们父母知道不知道,知道了不骂死你们才怪呢。

两个姑娘说:"你国外住了几十年怎么反不如我们思想解放?"

碰了钉子的姑娘不甘心,回家把父母、亲公亲婆都叫了来,一起来当说客,说服黄石坚看在一笔写不出两个黄字,让她们嫁到美国去吧……

黄石坚疑是自己听错,他不知道该如何回答这些黄氏子孙。

老话说"六十年风水轮流转",难道六十年后,反倒是我的思想跟不上形势了?黄石坚默默地问着自己。

吃　药

画终于拿来了，很文气，中规中矩的，已很陈旧，并有几处蛀坏了，还好，蛀洞都在留白处，不甚要紧，但愈发显出这非作伪的假货。

谈雪聪迷上收藏是近几年的事，他从未去过拍卖行，他认为去拍卖行用钱甩派头，一件古玩或书画，几千几万的，拍卖行至少赚个一至两成吧，这不是白白把钱送给拍卖行吗，谈雪聪可不会干这傻事。谈雪聪入这行不久，门槛倒是贼精，他只和那些出手书画古玩的对手做交易。若有人拿来东西，看得中的，讨价还价，然后一手交钱一手交货，爽爽快快。既不用付佣金，也无须交税金，多实惠。

谈雪聪如今是娄城的个体劳协副秘书长，企业经营情况不错，手里每天进出个几万几十万是稀松平常事，每天花掉个三千五千的，他眼皮也不会动一动。

谈雪聪开始只是偶然收件把名人书画，譬如最早他家里挂过朱屺瞻的山水，林散之的书法，很是风光过一阵，但后来他发现，圈内的那些老板派头比他大多了，有的挂于右任的书法，有的挂郑孝胥的对联，有的挂陈立夫的横幅，似乎要更高一个档次。谈雪聪不买这个账，终于被他觅到了孙中山的题词，张学良的条幅，就此把那些附庸风雅的同行镇住。

后来行情不对了,谈雪聪见他的几个朋友改挂弘一法师、林则徐等历史名人的字画了。谈雪聪与之暗暗较劲,觅到了刘墉刘罗锅的书法,觅到了八大山人的画。

这前前后后,谈雪聪总共到底花了多少钱,他已记不得了,不过吃过几次药,付过几次学费,他是忘不了的。

譬如有一次有人找谈雪聪出手一幅扬州八怪之一黄慎《李白醉酒图》,看纸张、墨色,确乎是老货。但挂了一段时间后,有位作家来访时,直言不讳地说:"假画无疑。"谈雪聪想,你是作家,又非画家,你凭什么说是假画?

作家分析说:"此画落款日期是'己丑立秋翌日',己丑年应该是清乾隆三十四年,换算过来当是1769年。黄慎卒于1768年,自然此黄慎非那黄慎,是真是假,你自己看吧。"

诸如此类几次后,谈雪聪对所有的文物贩子都不甚相信,他认为要想收真货,要么聘请专家作顾问,付顾问费,买个保险;要么寻找到过去收藏家后裔,或破落的大户人家。常言道:"富不过三代",祖上再烈火烹油,藏品再多再精,到了后代手里有几个能一如既往的。

这样的人家还真让谈雪聪给碰上了。有天一位自称叫姜诚信的中年人来找谈雪聪,说要出手两幅字画,抖出来一看,一幅是陶元庆的山水,一幅是王三锡的山水,这两人谈雪聪都很陌生,名字连听都没听说过,所以他没表现出什么兴趣。姜诚信问谈雪聪:"娄东画派、四王画听说过吗?"这谈雪聪自然知道,四王画被认为是国画正脉,地位很高呢。姜诚信说:"王三锡被称之小四王,清代绘画史上也是有名有姓有地位的。而陶元庆是鲁迅先生盛赞的一位画家,他病逝后,鲁迅独出300元买坟地,安葬了这位画家。"姜诚信还说:"我是急需用钱才忍痛割爱的。你若请人鉴定下来是赝品,我双倍奉还。"

当时姜诚信开价也不高,谈雪聪就买了下来。后请人一鉴定,百分之百的真货。

谈雪聪猜测这姜诚信家有来头,说不定还有好货呢。他打了个传呼给姜诚信。一见面,姜诚信就说:"我没骗你吧。"

谈雪聪说:"为你的诚信,我们喝一杯!"就这样两人干掉了一瓶五粮液。谈雪聪是个一斤不倒的海量,他估计姜诚信已喝得差不多了,就开始套他话。俗话说酒后吐真言,果然,这姜诚信控制不住自己舌头了。从他断断续续的酒话中,谈雪聪基本弄清了他家的情况。姜诚信的祖上姜梦影是清同治年间的榜眼,曾官至吏部侍郎,生前好书画,好收藏,但到姜诚信父亲手里,已家道中落,"文革"中曾遭灭顶之灾,书画全被抄家抄走。没想到80年代落实政策时发还了一些。这些都是劫后遗存,又是祖宗所传,本不能出手的,但他父亲体弱多病,两个姐姐双双待岗,今年他姜诚信的儿子考大学差了3分,只能进民办大学,要交3万多,实在没办法,只好变卖祖传书画。以救燃眉……

谈雪聪估计他家还有更好的,就试探着说:"我与你碰在一起,也是缘分,这样吧,你家中若还有精妙的书画,再割爱一两件,悄悄的,我收进,也算解决你经济危机,你好我好大家好,你看怎么样?"

显然,姜诚信有些动心。他说:"要说精品,只剩下一幅了,乃娄东画派领袖王原祁的《虞山春色图》,这幅算是我家的传家之宝,少了万万不能出手。"说着说着,姜诚信竟呜呜哭了起来。

谈雪聪回去查了资料,知道王原祁曾任康熙时的清皇宫佩文斋书画总裁,名头大得很呢。他的精品在国际拍卖行里可拍到几十万乃至几百万呢。

画终于拿来了,很文气,中规中矩的,已很陈旧,并有几处蛀坏了,还好,蛀洞都在留白处,不甚要紧,但愈发显出这非作伪的假货。只是姜城信咬定28万,不能再少了,他说再少一是对不起祖宗,二也犯不着出手。

谈雪聪坚持杀价,两个人在价钱上扭来扭去,最后以18万成交,姜诚信的要求,得现钞,一次清。但他拖了一句,欢迎去鉴定,如有假,钱包退,再罚一倍。

谈雪聪心里明白,18万买下,说到天边都是捡了个大便宜,这画不要拿到海外拍卖行,就是送上海拍卖行,翻个跟斗也是闭着眼睛就能办到的事。

谈雪聪买进《虞山春色图》后,请了不少朋友去欣赏,没有一个人有疑义。

后来,有位以制假画谋生的画家"小耳朵"见了谈雪聪的这幅《虞山春色图》,他欣赏了老半天,伸出大拇指说:"仿得很像,作伪的功夫也到家,特别是那些虫蛀洞眼,简直可算是神来之笔,比我高明,佩服佩服。"

谈雪聪听后浑身冒虚汗,他连忙打姜诚信的传呼,可这个传呼已消号了。谈雪聪一把拉住"小耳朵"说:"你对外,千万千万不能说这画是假的,知道吗?拜托了拜托了!谢谢,谢谢!"只是那谢谢声带有点儿哭腔,多少有点儿凄凉。

李趋时与赵泥古

> 就算盖叫天、梅兰芳活过来,卖票也卖不过刘德华、张学友的。

李趋时与赵泥古同住翰林弄,在娄城都算个人物。

这李趋时小小年纪就成了有名的京剧票友,若登台,一口西皮唱得高亢刚劲,活泼明快,保证博个满堂彩,掌声不断。

李趋时最值得骄傲的是,当时的京剧名角他都认识。他看过盖叫天演的《三岔口》、《快活林》、《十字坡》、《一箭仇》;看过梅兰芳的《宇宙锋》、《贵妃醉酒》、《霸王别姬》、《游园惊梦》等;看过周信芳的《四进士》、《徐策跑城》、《萧何月下追韩信》、《清风亭》等;看过马连良的《甘露寺》、《群英会·借东风》;看过程砚秋的《鸳鸯冢》、《青霜剑》、《窦娥冤》等,还有像荀慧生、尚小云、李少春等,他都熟悉。最让他说起来就备感激动的是他与马连良合过影,周信芳给他签过名,并与梅兰芳一桌吃过饭。这在当时,是何等身份,何等的荣耀。他能不气粗劲牛吗?即便是县里的头面人物见了他都客客气气,少不了要夸他几句呢。

再说赵泥古自称是赵氏宗室后裔,骨子里傲着呢。

只是就算你是赵匡胤的嫡系,那毕竟是千年以前的陈年老皇历了,谁还会当你一回事。

家道中落后的赵泥古相信瘦死的骆驼比马大,那皇室后人的清高依然写在脸上,不肯混迹于三教九流,自贬身价。

赵泥古自小在大方砖上用毛笔蘸了水练字,后来又从王时敏、王原祁、王鉴、王翚四王画入手学习中国画。因财力有限,董其昌、王石谷这一拨大家的作品他收藏不起,只能1元2元3元5元地收一些当时初露头角的中青年画家的画。

李趋时说起来与赵泥古是好朋友,但他不止一次讥讽赵泥古收垃圾,他说你有这些零碎闲钱,积起来买张头等包厢的票,去看一场梅兰芳先生的戏,那才叫过瘾。说出去,谁不羡慕。

赵泥古只能自嘲自解说:"各人喜欢,勉强不得。"

赵泥古不是不想去欣赏周信芳、马连良的戏,但那门票贵呀,看一场戏,几十块大洋,能收张真正的名画呢。赵泥古只好避开李趋时,不敢与他提起听戏的话题。

李趋时有回把和马连良的合影放大后,送了一张给赵泥古,并不无得意地说:"你那些画哪怕全裱了挂在墙上,我只要这张照片一放,你那些画还能看吗。"

李趋时说的是实话。这话虽有点刺痛赵泥古,可他不为所动,仍我行我素,一有小钱,就去买一两幅国画。不过他买画,不问名头,只看自己喜欢不喜欢,他陆续买下的有徐悲鸿、齐白石、傅抱石、李可染等人的画。

李趋时有次看了赵泥古的藏画后,不屑一顾地说:"你就不能收藏些大家作品吗,要知道十个三流画家不抵一个一流名家……"

赵泥古那回喝了点酒,他借着酒色上脸,竟说道:"你千万别小看了这些画家,说不定过个三十年五十年,全成一流大家了,到那时,说不定不比马连良、梅兰芳先生差多少呢。"

李趋时笑得饭都喷出来。笑罢,说了句:"你呀,名泥古,人也泥古,冥顽不灵。"

李趋时滋滋润润过日子时,赵泥古的日子却一直艰艰难难。

光阴如箭,日月如梭。转眼进入 21 世纪,李趋时与赵泥古都垂垂老矣。

前年李趋时过九十大寿时,赵泥古去祝寿,带了齐白石的一幅《蟠桃图》作为寿礼,惊得李趋时连说:"如此重礼,收受不起!"

赵泥古笑笑说:"这样的画,还有几十幅呢。"

两人很是感慨了一番。

李趋时望着早褪色的与马连良的合影说:"现在的年轻人,已很少有人知道马连良了,更不要说认得出他照片了。就算盖叫天、梅兰芳活过来,卖票也卖不过刘德华、张学友的。"

"此一时,彼一时。你这京剧名票毕竟也风光过一阵。"赵泥古宽慰李趋时。

李趋时端详着齐白石的画,拍拍赵泥古肩说:"你好眼力啊,如今件件皆宝啊。"

"喝酒喝酒!"赵泥古端起了酒杯。

那晚,李趋时与赵泥古都喝醉了。

天 使 儿

> 别人咋说是别人的事,只要自己问心无愧就成。

　　上天真是不公,娄城大画家商未央的儿子葵葵竟是个低能儿。

　　葵葵今年16岁了,智力水平最多小学三四年级。他一出门就兴奋,尤其看到大红大绿的色彩实是兴奋,会发出让人家害怕的怪叫声,一回家他就沉寂不语,更多的时候作沉思状,似乎有什么重大问题要让他思考。

　　有次,商未央参加市文联组织的采风活动,要去皖南山区写生,时间大约半个月。临走前,他再三关照妻子别让葵葵外边乱跑,免得出了什么意外。妻子说放心,葵葵这儿子智商是低了些,可从不闯祸,乖着呢。

　　商未央知道妻子上班不能迟到早退,不可能天天陪葵葵,就买了不少玩具与吃的,一股脑儿交给了葵葵。

　　商未央走的第三天,就接到妻子电话,说葵葵用颜料在墙上画得一塌糊涂,劝也劝不住。商未央无奈地说:"只要葵葵不吵着到外面去,涂就让他涂吧,最多浪

费点儿颜料罢了。"

半个月的采风说慢很慢,说快也很快。当商未央携着厚厚一叠写生稿回到家时,他惊叹了,整个家里的白墙上全涂鸦满了,七彩斑斓,色泽耀目。猛一看,商未央有一种被震慑的感觉。那是一种气势,一种无拘无束,自由奔放,又汹涌而来,逶迤远去的气势。那色块的突兀,那色彩的流动,让人匪夷所思,耳目一新。细看那画面,似乎画了什么,又似乎什么也没画,完全没有具象。商未央作为一个专业的画家他有了一种莫名的激动,这些难道是葵葵画的,难道是他一个低能儿的杰作?

商未央进葵葵房间时,葵葵已倒在沙发上睡着了,手里还握着画笔,衣服上斑斑点点,但脸上溢着无比的快乐。

妻子一见商未央就歉意地说:"我拿他一点儿办法也没有,家里被涂画成这样,我真的很抱歉。"

"不不不。你没错。我得谢谢你呢。你的宽容发掘了葵葵潜在的绘画才能,你没看出这些画很有灵性很有个性吗?"商未央的兴奋溢于言表。

商未央把这些画仔仔细细地看了一天,研究了一天,最后定名为《无题》,他一一拍了照,寄给了报社的一位朋友。报社记者大感兴趣,据此写了篇《天使儿的处女作》。这篇报道的发表,使娄城的市民知道了绝顶聪明的夫妇生下的低能儿谓"天使儿",知道了大画家商未央家有个天使儿。

或许是那《无题》的照片太小,看不出名堂,娄城老百姓议论的很少是画本身,而是商未央怎么会生出这么个弱智儿子。

有人说:老天就是公平,商未央他名声赫赫,才气逼人,可生了个傻儿子,这叫平衡,世上好事哪能全让他占了。

还有人说:你看看商未央画家老婆几岁,谁叫他老牛吃嫩草,活该他有个憨儿子!

报纸的记者一报道,也引起了电视台记者兴趣,电视台来了两位记者。原来他们只想拍一两分钟的新闻片的,可一见满屋满墙的画,立时改变了主意,拍起了专题来,还专门采访了葵葵。葵葵说得颠三倒四,不过他一拿起画笔,那种投入状、兴奋状,很是入镜呢。葵葵的当场作画,更有现场感,有说服力。也是巧,不久就是国际助残日,电视台精心制作

后不但娄城电视台播放了，还作为外宣片送到了省台。结果这档名为《天使儿的杰作》，造成了不小的轰动。

商未央甚至觉得比自己取得成功还激动、宽慰，他给报社写了篇《发现·鼓励·培养》的文章，他甚至预测葵葵的艺术成就有可能超过自己云云。

在一片叫好声、惊叹声中，也夹杂着些许不和谐音。诸如这商未央也不知作了什么孽，生了个傻儿子，如今又用傻儿子来作秀，来炒作，真不要脸……

商未央也不辩解。

妻子忍不住对商未央说："你为什么不解释呢？你不说我说，我有责任让大家知道，葵葵是我姐姐的孩子，是因为他们双双遭遇车祸你才收养他的呀。葵葵也不是天使儿，他是那次车祸大脑受了创伤落下的后遗症呀……"

商未央止住妻子语言说："算了，别人咋说是别人的事，只要自己问心无愧就成，再说这样宣传报道对葵葵的艺术之路有利……"

妻子扑在商未央怀里说："我真的没看错你，我代我姐姐谢谢你。"

她感到嫁给商未央嫁对了。

美 的 诱 惑

> 没有别的,性别已不存在,那些少女模特真是绝了,无论从哪个角度看,都美得让人心醉,美得让人礼拜。

凌鼎年风情小说

在娄城摄影界,司无邪确实是个最有能量的人。别人拉不来的赞助,他能拉来;别人拍不到的题材,他能拍到;别人不知道的信息,他总有渠道获得;别人参加不了的活动,他总能七托八托地找到关系,正儿八经地参加。

这不,自然美人体大赛又邀请他了。整个娄城,一百多位摄协会员,仅他一人收到邀请,据说就算省摄影家协会也只收到几份邀请信。不少摄影家千方百计想挤进这次大赛,可门儿都没有。

原来,这所谓的自然美其实就是裸体,有内部消息传出来:主办者重金聘请了八位妙龄少女,届时全裸亮相,让精选、特邀的这上百位摄影家从多侧面多角度全方位拍摄,让摄影家们一次看个够,一次拍个够。

这可不是有个摄影家头衔就能去的,也不是花得起钱就能去的。

司无邪在众人羡慕的眼光下,带足了器材,全副武装地应邀而去。

司无邪回来后，个别喜欢摄影的发烧友开玩笑说："司老师这回艳福不浅，大饱眼福，比之家里的老婆，就像九天仙女比之老母猪……"

司无邪很认真很严肃地说："亵渎亵渎！"

大概被问得多了，司无邪决定为全体摄协会员作一次讲座。

司无邪告诉大家，这是一次真正的艺术活动，所有摄影人员，管你资格再老，名头再大，后台再硬，都不能零距离接触女模特，必须严守规定，在红线以外拍摄，谁超过红线，将被逐出场外，谁触摸女模特，将视作流氓行为，永远逐出摄影界。

司无邪完全沉浸在那个美好的回忆中，他说：那真的是叫美，除了美，没有别的，性别已不存在，那些少女模特真是绝了，无论从哪个角度看，都美得让人心醉，美得让人礼拜。

司无邪还利用多媒体，放了十多幅那次大赛上的得奖作品，那曲线、那造型、那神情、那气质，简直无与伦比。

有人传纸条上去，要求看司无邪的作品，司无邪只好老老实实说，本来他准备了一幅《思无邪》参赛，无奈高手云集，名家辈出，他名落孙山，他还自嘲说：虽败犹荣，因为败在一等一的高手手里，他心服口服。

不久，有人从互联网上下载了一张获美国2003年年度新闻摄影大奖的照片《美的诱惑》，那位获奖者抢拍了自然美人体大赛上的一个镜头，只见一个摄影师看着一位裸体少女，看得呆了，竟忘了手里的摄影机了。关键是那人物的神情、惊愕，不，不全是，那是一种惊得目瞪口呆的表情。尽管是侧影，但人们还是一眼认出了这不就是司无邪吗？

司无邪万万没想到自己也成了别人的摄影对象，更没想到会上互联网。据说他想告对方侵犯肖像权，只是不知他到底有没有这勇气告，更不知他能不能告赢。

过过儿时之瘾

> 这是世界上最奇妙最解渴的饮料，胜过可口可乐十倍百倍。你们为什么不开发这种饮料呢？

姬艮旺是抗战时随父母去美国的，这一去就是五十多年，再也没回过故乡，如今年岁大了，思乡的念头竟日重一日，他决心在有生之年无论如何回去一次，去看看故乡的那石拱桥还在不在，那老房子还在不在，那老榉树还在不在？……

小孙女露茜听说爷爷要去中国，吵着也要去。自从她在美国的唐人街民俗博物馆见到了花桥、石磨、马桶等，她奇怪得不得了，非要亲眼看一看不可，否则，难以相信。

姬艮旺在家乡已没有什么近亲了，只有几门表亲。开始姬艮旺不想惊动亲戚，他在娄东大酒家住下后，准备带孙女露茜随便走走看看，走到哪儿看到哪儿。印象中，木拖鞋、蒲扇、火油灯、马桶等家家都有的，小儿立桶、浴盆、老式躺椅、柴灶也是半数人家有的，石磨少些，但十家中总有一家有吧。还有像爆炒米花的、弹棉花的、钉碗补锅子的、削刀磨剪子的，是稍转几条弄堂就能撞见的。

姬艮旺叫了辆出租,说:"去武陵桥。"武陵桥是娄城的中心地区,姬艮旺自认为熟门熟路。

到了那儿方知,老街早在老城区改造中拆了个一干二净,儿时印象中的旧貌已荡然无存了。大所失望的姬艮旺不信邪,在住宅区寻觅了起来。转了半天,脚也跑得酸了,汗已湿了衬衣,可要想看的一样也没看到。

姬艮旺怕问马桶被人说,就问有没有石磨,说想买一个,但问来问去都没有了。有热心人介绍说:"去乡下看看,或许还能觅到。"

转了一整天竟一无所获。姬艮旺只好决定去乡下找他的远亲。或许乡下变化小些慢些,能见到点儿时的东西也未可知。

乡下远亲见来了个美国表叔,很是当回事情,特地去买了可口可乐、蓝带啤酒来招待姬艮旺。

姬艮旺已瞧见那茶缸里有现成泡好的佩兰茶,这可是他儿时常喝的。推开可口可乐说:"来碗佩兰茶,回家乡来就是来尝家乡风味的。"

露茜喝了一口佩兰茶后,说:"这是世界上最奇妙最解渴的饮料,胜过可口可乐十倍百倍。你们为什么不开发这种饮料呢?"她建议爷爷投资搞一条生产佩兰茶的软包装流水线,必赚钱。

姬艮旺不由心动。

乡里听说姬艮旺要投资办厂,劲头来了,关照要高规格接待好。

但姬艮旺谢绝了一切宴请,提出了几个令接待者哭笑不得的条件:1.要踏一踏水车;2.放一放水牛;3.推一推石磨;4.穿一穿蓑衣,戴一戴草帽;5.要带一双木拖鞋与草鞋回去;6.挑回野菜;7.捉回知了;8.钓一趟鱼;9.吃回井里的冰西瓜;10.看看弹棉花、钉碗补锅子等匠人的手艺活……

这可难倒了接待者。

幸好,水牛还有一头,乡里借用半天。蓑衣也总算找到一件,连同草帽、草鞋等,让姬艮旺过了回放牛瘾。

乡里觉得,这十多个条件中,最好解决的是钓鱼,因为常有市里头头脑脑来钓鱼。这有现成的鱼塘,现成的钓具。麻烦的是钉碗补锅子、铁匠、箍桶匠等早几年就不见了,弹棉花、修棕棚的倒偶尔能见到,只是一时三刻上哪儿去找。

巧的是,姬艮旺远亲家院子里有一口井,用网兜把西瓜冰在井里,拉上来吃时好爽口,露茜说:口感比冰箱里的西瓜好多了。

最让露茜难忘的是她竟然也捕捉到了一只知了。

姬艮旺不要旁人帮忙,他自己动手做了只纱布网兜,绑在竹竿上,与孙女露茜去了院子后的竹园捕知了。那棵高大的朴树上有好几只知了尽情亮嗓呢。姬艮旺童心勃发,虽手脚不便,还是给他逮住了两只,乐得他像十几岁的顽童。

姬艮旺这次家乡之行最开心的事是临走那天,乡里终于找到了一扇石磨。姬艮旺用这扇石磨与露茜一起磨了黄豆粉、磨了糯米粉。黄豆做了豆浆,糯米粉做了汤圆,吃着自己磨的做的,久违了的手制豆浆与糯米汤圆,姬艮旺激动得流下了泪水。

这次故乡之行,虽然有诸多遗憾,但毕竟大慰平生,姬艮旺决定回去后就派人来洽谈投资的事。

废画

> 各人眼光不同,审美情趣不同吗。只要不带偏见,谁会因一幅画的优劣来评判一个画家呢?

任双馨以画出名,特别是善画梅花,有"任梅花"的雅称。娄城的各大宾馆、酒店、娱乐场所几乎没有一家不挂一两幅任双馨的国画作品。

任双馨名声在外后,县里的领导常来向他索画,从内心讲,任双馨一百个不情愿,但父母官好意思来要,他不好意思不给。要的次数多了,连县委办公室的主任与县政府办公室的两位主任都不好意思上门去索讨了。

书记也觉得欠了任画家一笔人情,后来书记提名让任画家担任县人大副主任,一把手提了名自然很顺利地通过了。

任双馨分管文教战线,三天两头要去坐主席台,要去讲讲话。这一上主席台,一讲话,时间就坐没了、讲没了,画画的时间当然少了,但画画的任务反而重了。县领导时常来个电话说王县长要出访日本,需两张山水;赵书记要出访新加坡,急需梅花一幅——任双馨现在的身份是县四套班子领导之一,县里领导再来要画,是

抬举你，看得起你，没理由推托，只是越来越多的会议，越来越多的应酬，弄得他分身无术，创作的时间越挤越瘦。

有天，县委刘副书记亲自打电话来，说星期五要去美国谈一个项目，希望任双馨无论如何准备一幅山水画与一幅红梅图，以便代表当地政府赠送给美国友人。任双馨知道这事的分量，满口答应说最迟星期四下午送去。

任双馨敢一口应承下来，是他家中尚有几幅画好的存货，只要落一下款再裱一裱即可拿出去，所谓"手中有粮，心中不慌"。

真所谓天有不测风云，那天回去，竟发现家中失窃，那窃贼把他家翻了个底朝天，凡金器、玉器、现钞、存折一股脑儿卷了而去。任双馨心想那些金银首饰值不了几个钱，现钞家中有限，存折要凭身份证领，只要一挂失，不会有啥损失，他最担心的是他收藏的那些名人字画，那可都是老价钱的宝贝，谢天谢地，那些名人字画竟一样不缺。可以断定，非有目的之雅贼，乃眼里只有钞票的小混混偷儿，遂心宽了好几分。但清整东西时，任双馨突然发现那几幅准备拿去装裱的国画不见了，总不见得放着值钱的名人字画不偷，专偷他任双馨的画吧，他百思不得其解。

公安局的算是有两下子，三天后即破了案，原来是育才中学初二年级的小黑皮偷的，那几幅画被他用来包了金首饰与玉器等东西，全糟蹋坏了。

任双馨气得不轻，如果偷他画是慕其名，善待这些画，那还心有所慰，而现在自己的心血竟被小偷如此不当一回事，能不生气吗？

老话说"因恨和尚，累及袈裟"。任双馨就是这样，他从此对育才中学的印象一塌糊涂。以后在多次场合批评育才中学，弄得育才中学田校长脸上无光，颇感压力。

有天，任双馨家中来了一位陌生人，说要买一幅任画家的大作，还特意说明，价钱不是问题。碰到这样爽气的客户，任双馨自然很是开心。

这陌生人挑拣了一番后，竟一幅也未挑中，最后在任双馨废弃的画中挑了两幅，说："就这两幅。"并要求任画家落款盖章。任双馨没想到自己废弃的画也会有人慧眼相中，心里又高兴又担心。他再细瞧了一遍那两张画，从专业的眼光看确乎是画僵了，这画拿出去会不会坏了自己的名头？想到此，任双馨问了句："这画买回去自己家挂还是送人？"

那陌生人说："送给育才中学留念。"

任双馨就此心里"咯噔"一下。这画若挂在育才中学岂不等于自己出自己洋相吗？要挂就挂自己代表作。于是忙说："这画是废弃之画，是我画中较差的，不代表我水平，送育才中学不妥。"

"各人眼光不同，审美情趣不同吗。只要不带偏见，谁会因一幅画的优劣来评判一个画家呢？"

陌生人走后，任双馨陷入了沉思，自己是不是带了偏见，竟以一个学生的偷窃行为而怪罪了整所学校，他似有所悟。

小昆仑石

> 这块小昆仑石的名声就外传了，不久，即有人来收购，有出一万五的，有出两万的。

叶多福家有宝贝，他本人竟然不知道，你说怪不怪。说怪也不怪，他是个粗人，开大卡车的驾驶员，他哪懂得那些奇石怪石如今的身价。

说起来也极偶然，那天街道拓宽，把叶多福家院子的围墙拆了，按拆迁办的意见，围墙要向里挪一米多地方。政府行为，小百姓反对也白搭，拆就拆吧。

这一拆，院子里原来的花花草草就成了每个过路人都能瞧上一眼的"展品"了。

傍晚时分，有个戴眼镜的中年人骑自行车路过时突然停了下来，还推了车走了过来。刚巧叶多福也下班回家，见这人素不相识，就问："找谁？"

那中年人很随和地说："噢，不找谁，我见这块石头很特别，能不能让我细看一下？"

"行，不就一块石头吗，咋看都行。"

中年人抚摸着那块尺把高、丈余长、有起有伏、峰谷分明、中有白色条纹、望之如云、甚是奇特的石头，从口袋里摸出个小铜榔头，轻轻地叩击了几下，他听着那清脆悦耳的响声,连连说:"好石,好石呵!"

他自报家门,说他叫胥子超,业余爱好收藏石头,斋名叫枕石轩,一直想觅一块压得住的奇石作为枕石轩的镇轩之宝,苦于不是太大,就是太轻,不想踏破铁鞋无觅处,无意间在这儿见到了这块颇中意的灵璧石。胥子超快人快语,直截了当问:"不知能否割爱?"

叶多福想也未想说:"不卖不卖,我又不是做生意的。"

胥子超并不生气,很诚心地问叶多福:"你这块灵璧石有何出处,有何来头吗?"

叶多福觉得这胥子超说话酸酸的,不想多搭理,但见他不像心术不正之人,就简单地说了一下。原来叶多福70年代时,有次车过安徽灵璧,有人拦车问他要不要捎一块上等的灵璧石,开价是10元钱。那年头10元钱也不算小数目,叶多福要这石头干啥,不要他钱他都未必肯搬上车呢。他正想走,不料那石头主人说:"这是小昆仑呵,驱邪避灾的好东西哩。"

叶多福曾在昆仑山当过兵,驾驶技术就是当兵时学的,他一听"小昆仑"三字,突然生出一种亲切感来,不知哪根筋搭住,二话没说,掏了10元钱就把那石头搬上了车。

到家后着实被老婆骂了一顿,说他脑子有病,千里迢迢的,不带吃的,不带穿的,竟带块死重死重的石头回来。叶多福想幸亏没说花10元钱买来的,要不更要被骂得狗血淋头。这石头从此就扔在了院子里,一扔有二十来年了。

胥子超听了石头的来历后说:"你愿意转让的话,我出一万元钱,你考虑一下吧。"

叶多福也听说有些人玩石头,玩疯了,成了石痴石颠,只是没想到有人肯出一万元买他的这块石头,只是素不相识,他有些不敢相信。所以还是那句话:"不卖!"

后来胥子超又来过几次,叶多福咬定不出手,只好作罢。

去年春节,娄城的市收藏协会举办奇石展,胥子超动员叶多福把那块小昆仑也送去参展,开始叶多福没同意。哪想到胥子超专门请人做了个红木托架,还请著名篆刻家刻了"小昆仑"三字,叶多福终于被感动了,

答应了送石参展。

奇石展结束前,还投票评选了十大奇石,可能是胥子超的极力推荐,义务宣传,这块"小昆仑"灵璧石竟被评为十大奇石之首。

这一来,这块小昆仑石的名声就外传了,不久,即有人来收购,有出一万五的,有出两万的。叶多福开始宝贝这块石头了,坚决不卖。

天有不测风云,过了春节,叶多福下岗了,每月只拿250元生活费。有人闻知这消息,又上门来劝他转让石头,有人对他说:"你又不玩石,放着也不派用场,倒不如换点儿钱,贴补贴补家用。"他终于有些心动,心想索性开个天价,谁要谁拿去,不肯出这价钱,先放着再说。叶多福正犹豫不决时,胥子超又找上门来,告诉他一个好消息,说市里已同意建立奇石博物馆,编制也快批下来了,他已推荐叶多福去奇石博物馆上班,好歹也是份工作。

自下岗后,这是最令叶多福安慰的消息,比之有人出高价收购他的小昆仑更让他高兴。他决意把小昆仑石捐赠给奇石博物馆。

有人说他:你怎么这样傻。

他回答说:"人心都是肉长的。"再不多言。

满衣锦造房

> 百年不倒不塌是有保证的，只是百年以后，能保证房子主人仍旧姓的不多，富不过三代，历来如此，你又何必为房子事天天亲临现场，大动肝火呢？

满衣锦姓满，是不是满族就不得而知了。

满衣锦祖上是做生意的，只是生意不大，只能算小商人。到满衣锦父亲这一代，他想让满衣锦读点书，将来也好衣锦回乡，光宗耀祖，所以给他取了个"衣锦"的名字。

满衣锦父亲想得蛮好，"三年清知府，十万雪花银"，也不指望满衣锦出将入相，做什么一品二品大员，就做一个七品芝麻官，刮它个十万雪花银回来不也蛮好？

好是好，可惜满衣锦不是读书的料，成天喜欢舞枪弄棍，打打杀杀的。也不知满家哪个祖坟上冒了青烟，满衣锦18岁那年，朝廷开恩科，广揽天下文武才子。满衣锦抱着碰碰运气的心情去了，竟被他考上了武秀才，后来又中了武举人，一时乡里为之轰动。

满衣锦在乡民们面前露了一回脸后，就去了骁骑营，官至参将，参将不算大官，但打仗时有点儿实权，满衣锦也很满足了。

满衣锦到底是生意人后代，他不像那些来自农村的兵将只知道打仗时死拼死搏，他会动脑子，划得来就上，不上算就绕，因此其他人在外征战，七损八伤的，他满衣锦几回战场竟毫发未伤。不过战场上到底是要用性命相搏的，死伤是常有的事，瓦罐难免井边碎吗，满衣锦只想衣锦回乡。

机会终于来了，一次在追剿捻军时，竟逮着了几个背负金银财宝的，满衣锦估摸着不是捻军管军需的，就是捞了一票想开溜的。满衣锦脑子一转，下令把那几个捻军将士一一砍杀，然后卷了那些钱财，脚底抹油，溜之大吉。

回到娄城后，满衣锦头一件事就是大请泥工木工，准备大兴土木，造它个七进宅院。

满衣锦是行伍出身，他的经验，要让兵士拼死，得有督战队，少了那只眼，谁知那些泥木工会不会偷工减料。因此，满衣锦几乎天天到造房现场，像个总监工似的。

满衣锦在骁骑营时，曾听外地兵士说过，有些造房的怠慢不得，若怠慢了，会在上梁时，在梁架上放个什么咒物，等房子选好后，这咒物就咒得屋子主人不得安生。有了这个想法，满衣锦防得很严，生怕哪个木工心怀歹意，作弄了他一家。

也是怪事，自从满衣锦有了这种想法后，在他眼里，那些匠人似乎一个个都是来与他作对的，甚至他觉得那一双双眼睛怎么看怎么像那几个被他下令砍杀的捻军，这一来，他天天提心吊胆的，脾气也愈发坏了，稍碰到点不顺心的事就肝火大动，忍不住会大骂一通。

第一进房上梁那天，他特意早早来到了工地，对工匠们的一举一动极为注意，惟恐谁从中做什么手脚，大概是满衣锦防贼似的眼神瞧得那些工匠浑身不自在，那些工匠干活时就不能进入状态，那大梁放了几次都歪歪的，气得满衣锦无名火滋滋地往上蹿。妈的，你们是不是诚心要我满衣锦好看，好，我有的是钱，你们不卖力，不尽心，我可以撵了你们，重找一批工匠来。正当满衣锦在大发其火时，一位老木匠走到满衣锦面前说："满大人不必动怒，我老木匠造了一辈子房子，兴兴衰衰的事见得多了，你这房子，够结实，够漂亮的了。你放心，我们这批木工泥工造的房子，百年不倒不塌是有保证的，只是百年以后，能保证房子主人仍旧姓的不多，富不过三代，历来如此，你又何必为房子事天天亲临现场，大动肝火呢？"

满衣锦听了老木匠这一席话，竟怔在那里，半天没回过神来。

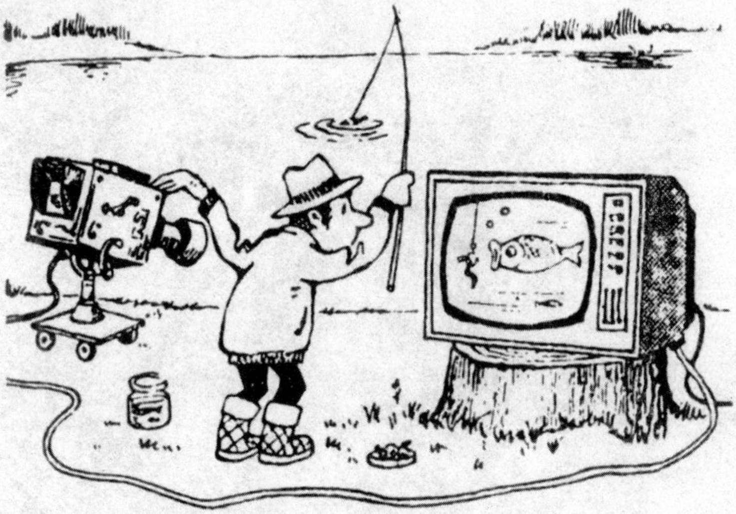

第六辑

依然馨香的桂花树

铁 嘴 林

> 林淡言知道,这既是自己成名、发财的机会,又是灾祸的开始。

"铁嘴林"姓林这不错,不过,千万别误会,他可不是算命的,他也从不给人算命。

那么读者可能会奇怪了,既然从不算命,咋会有"铁嘴林"的外号呢?

他有这外号,实在是一件偶然事件促成的。

那是前年秋日的一个下午,林淡言的一位外地同学来娄城,林淡言就邀了几位同学陪他,去了当地一个有四百多年历史的南园,他们几个坐在亭子里侃大山,正吹得云山雾罩时,有两个打扮入时的少妇过来拍照,替他们拍照的摄影师要求林淡言他们让一让,说他们在亭子里破坏了画面。

林淡言当时谈兴正浓,就没理会那位摄影师。他想你拍你的照,我聊我的天,互不相干,凭什么要让。

可能是林淡言没把摄影师的话当回事惹怒了那两位少妇,其中一位抽出一张百元钞给摄影师,冷冷地说:"打发他们去茶室喝茶。"

林淡言这回真有点儿生气了,瞧不起人还是怎么的,一张百元钞就想把人赶跑,你以为你是谁?林淡言刚想站起来与之理论。他同学甲拉他走,对他说:"算了算了,好男不与女斗,惹一肚气干啥,我们到对面水榭坐一会儿。"

到了水榭,同学甲告诉林淡言,这两个女人张狂着呢,一个是民营企业家董大鹏刚娶的小娘子,一位是市公安局新提拔的许副局长的夫人,都是碰不得的人物。

同学们怪林淡言怎么会不认识这两个娄城名女人。有人还开玩笑说你好好认认这两张脸,免得以后不认识招惹麻烦。

林淡言是个只关心工作,不关心女性的人,这回他特地注意了一下对湖正摆着姿势拍照的两个女人。

林淡言随口说道:"不是我触她俩霉头,这董大鹏的小娘子,漂亮是够漂亮的,只是眼角眉梢隐着一种杀气,这是克夫相,这董大鹏风流快活不了几天了。"同学甲是个好好先生,连忙说:"算了算了,咒她干啥。"

林淡言笑笑说:"我会咒她?我直话直说罢了。"

"嗬,你会看相算命不成?那你说说许局长的夫人是帮夫运还是克夫命?"同学甲咬住了他。

林淡言淡淡地说:"这个女人吗,阴气重了些,说得难听些,一副寡妇面孔……"

当时林淡言说过也就说过了,没人当真。

三个月后,仅仅三个月后,董大鹏的车子在高速公路上因雾天能见度低,与一部考斯特中巴车相撞,结果当场一命呜呼。

董大鹏是娄城有名的民营企业家,丧礼很是隆重,娄城上上下下,没人不知道的。

同学甲想起林淡言那天在南园里说的话,竟渗出了一身冷汗。自言自语:"铁嘴铁嘴!"

到了去年,忽然传来公安局许副局长被双规的消息,不几天又有一个更惊人的消息传来,许副局长在"双规"期间竟上吊自尽了。

这对当地老百姓来说,被认为是官场的一个大丑闻,是一个饭后茶余的好话题。可同学甲不是这样想的,他一联想到林淡言曾说过的话,呆在那儿,老半天回不过神来。

第二天，同学甲做东，把林淡言等几个同学邀去。同学甲对林淡言说："你那天南园里说的话全应验了，现在，我们要不信你都不行了。你是铁嘴，如假包换的铁嘴。今天请你来，两件事。一、能不能透露点儿你哪来这种未卜先知的本领；二、请你为老同学看一看，相一相，我们几个往后的运数如何？"

林淡言像是被将军将住了似的，一脸的尴尬，他老老实实说："我也只是凭直觉，信口开河罢了。只是让我自己也犯疑的是，被我说对说准的还真不是一个两个呢。我以后啊，不是淡言，要默言。拜托各位老同学，我要多多默言，免得招惹麻烦。"

同学们哪肯放过他，非让他说出个甲乙丙丁来才行。

林淡言拗不过老同学的这份热情，只好装模作样看了看，然后说："你们啊，没有大富大贵的命，也没有大奸大恶的人，基本上都是平常人生……"

林淡言家里挂的一幅书法作品乃"平常心"。只是关于他铁嘴林的传闻传出去后，他平常心平常不下来了，常有市里的头头脑脑，常有那些大款富婆来找他看看相，算算命。说他铁嘴灵，林铁嘴。林淡言愈是不肯算，那些找上门来的还愈是不肯走，甩出重金眼睛也不眨一下。

林淡言知道，这既是自己成名、发财的机会，又是灾祸的开始。

他正式决定改名为林默言。

依然馨香的桂花树

> 见树如见人,树在人在。我会像爱护生命一样爱护这桂花树。

翰林弄13号里住着一位叫高去病的怪人。说他怪,一是他独身一人,任你介绍再漂亮的姑娘给他,他都摇摇头,似乎他是天下第一美男子,非找个沉鱼落雁、倾国倾城的绝色女子方可配他。二是13号天井里那棵桂花树赛过他的命根子,谁敢碰一碰,他会与谁拼命,让人弄不懂。

早先翰林弄里家家有老树,13号里这棵桂花树并不多起眼,后来,老树一棵接一棵砍去,到文革时,这棵桂花树就成了翰林弄里惟一的一棵老桂树了。老桂树年年开花,八月时节,满树缀金,飘香一弄呢。邻家的孩子总想来折一枝回家插瓶中香香,但只要高去病在家,你休想。

高去病是学校老师,自然不可能天天在家,总有人趁他不在时去摘一枝采两枝的。嘻,怪了,这桂花树上的每一枝每一杈,高去病都记得清清楚楚,下班回来见少了哪枝哪杈,他就不顾斯文说一大堆难听话,若被他知道是哪家的孩子偷摘的,那惨了,学校里必挨训。为

此，高去病得罪了翰林弄里不少老邻居。

对门12号里的符三泰没好气地对儿子说:"那棵桂花树是高去病的性命卵子筋,你们少碰,别没事找事。"

1966年,破四旧之风、抄家之风、批斗之风也刮到了娄城。符三泰成了娄城商业造反司令部的副司令。他红臂章一套,神气得像个大总统,高去病就完全不在他眼里了。当桂花再度飘香时,他觉得如今去13号摘桂花,如果高去病再敢拦阻、骂街,那简直就是老虎头上拍苍蝇。所以他带着儿子,大大方方进了对门的13号,还故意粗喉大嗓地对儿子说:"哎,那枝花密,对,就采那一枝。"

恰好高去病那天在家,他似乎全然不知道符三泰如今炙手可热的身份,冲出来往老桂树下一站,虎着脸说:"君子看花不采花,赏花闻香欢迎,采花摘枝没门!"

"去你的狗屁君子,看清楚了,老子是造反派副司令!走资派的反都造了,难道还怕你个毬。"

谁知高去病抽出一把剪刀说:"谁摘桂花,我与谁拼命,不怕血溅当场的,尽管上来!"

俗话说耍横的怕不要命的,符三泰见高去病傻劲上来了,怕吃眼前亏,气呼呼说道:"好,骑驴看唱本,走着瞧,看你有啥好果子吃。"

第二天,符三泰的儿子带了一帮红卫兵把高去病剃了阴阳头,拖上街游了一回。等高去病回到家,他简直呆掉了,那满满一树枝枝杈杈,那满眼的绿叶与星星点点、沁人心脾的桂花全不见了,只剩下光秃秃的几个树杈似在哭泣,似在发问,似在抗议。

高去病抱着那桂花树哭了,整整一夜,第二天就病倒了,整整三天三夜粒米未进,病中的他,凄凄惨惨地哭着:"桂花,桂——花——我对不住你,对——不——住——你——呀!"闻者无不心酸掉泪。

病好后的高去病常常独自一人端张椅子坐在桂花树下,不言不语,长久长久。

第二年,房管所来人要砍掉这棵老桂树,说要在这院子里造一间房子。

高去病听后,像发怒的狮子,指着房管所来砍树的小工说:"谁砍树我与谁拼,拼不过,我死在这树下。"

房管所的所长说:"这桂花树死了,又不会开花了,你护着也没用……"

"谁说死了,它有生命的,它也知道疼,也知道冷与热……"他再次把那剪刀拿了出来,只不过这次戳在了自己喉咙口。

房管所所长怕闹出人命来,就骂骂咧咧地走了。

翰林弄的人都怀疑高去病受了刺激,精神上有些问题,大家对他敬而远之。

高去病并不在乎别人如何说他,他把全部精力花在了救活这棵老桂花树上。他四处搜觅如何种树养花的书,一有空就钻研。

功夫不负有心人,在高去病的悉心照料下,光秃秃的老桂树抽出了新枝,竟然活了过来,但好多年一直没有花。

到了80年代末,海峡两岸的关系有了松动。有一天,市台办的主任领了一位年轻的姑娘来找高去病。那姑娘一进13号,就激动地脱口而出:"桂花树,桂花树还在!"

闻讯出屋的高去病像是做梦似的揉着眼睛,当他看清眼前确确实实是台湾来的姑娘时,他情不自禁地喊了声:"桂花,你是桂花?"难道时光倒流了,或者桂花有青春永驻术?

原来来人是桂花的女儿馨馨。馨馨叫了声:"爹!"就扑在了高去病的怀里,父女俩抱头痛哭。

馨馨告诉高去病:母亲桂花已在前年病故了,临终前告诉她,有机会无论如何要回娄城去认爹,去看看翰林弄那棵两百年的老桂树,只要树在,她与高去病的感情就不会死。

台办的奚秘书是个笔杆子,他采访了高去病后,写了篇《古桂树作证的爱情》,在市报上发表后很是引起了媒体的关注呢,当地剧作家还据此写了个话剧,后来还获了奖。

至此,高去病与桂花那凄美的爱情故事方广为人知。

原来桂花的父亲是国民党空军的一位军需处长,撤离大陆时,他执意要带桂花同去台湾。临别的那晚,控制不住感情的两位年轻人偷吃了伊甸园的禁果,哪知那一晚的激情,有了爱情的结晶。当然,这是后话,高去病只记得那天清晨送桂花走时,桂花在桂花树下发誓:只要桂花树在,两人的爱情就在!她一定会回来找自己的爱情的!

高去病痴痴地说:见树如见人,树在人在。我会像爱护生命一样爱护这桂花树。

于是,后来就演绎出了关于高去病护树的故事。

当地媒体把那棵两百年的古桂树誉为爱情树。

我最近一次去翰林弄时,发现古桂树上挂满了一条又一条的红布条,据说是附近结婚的新郎新娘来挂的,大概算是祈福吧。

医　术

> 病家是医家的衣食父母，只有病家常来光顾，医家才衣食不虞……

20世纪40年代时，娄城最有名的私家医生当数何少聪。何少聪本不是娄城人，是浙江湖州人氏，为何到娄城落脚行医不得而知，只知道何少聪来娄城不久，口碑就不错，其诊所常常有病人排队候诊，竟超过了六代传钵的陆氏诊所。

陆医生曾长叹一声道："外来和尚好念经，历来如此呵。"

只是娄城的病家不是这么看的，他们认为去何少聪诊所看病，心情好。甚至有病家说："进何少聪诊所，进去，出来，毛病就好了一半。"

何少聪医生真有这么神吗？其实也不尽然，关键是何医生看病与别的医生不同，他不像其他中医，病人一进门先望、闻、问、切，他既不搭脉，也不看舌苔，只静心听病人介绍病情，听罢与病人聊一聊，他常常以这样的话头开腔："没事没事，你这点病算啥病。"或者说，"来对了，来对了，到我这儿，你这病就无大碍了。"俗话说"一语使人跳，一语使人笑"，特别是医生的话，在病家耳朵里有时赛过法官的判决书,说重说轻,大不一样。多数医生喜欢把病情往严重里说,这样,看好了是我医生本事,看不好,我医生有言在先,早说过此病乃重症,足见非我医术不高明也。站在医生立场上这样自然不能说有什么不对,但对病家来说,一听病重,心情就会沉重几分,于病不利。

何少聪则持三分精神疗法,三分药物疗法,三分静养保健疗法。有些病人被他一说,进去时愁面苦脸,病容满面,出来时已愁容去了大半,病容去了三分。

何少聪还有一招就是回访病人,他的一句口头禅"病来如山倒,病去如抽丝",按他意思,调养之药不能不吃,最好长吃。因此病家都十二分相信他。即使病好了,也要上他那儿再开几贴调养之药。

娄城有些上了年岁的,最佩服何少聪,说他看病像唱戏文,那声调入耳、好听,药再苦,吃了也有甘味。

因何少聪诊所就诊人数每天不断,他实在忙不过,就收了个见习医生,相当于徒弟似的。这位徒弟叫阿墨,是医科学院的毕业生。

阿墨学的是中医,但西医也懂点。他曾建议何少聪医生有些病不妨用点西药。何少聪摆摆手说:"西医见效快,但治表,中医见效慢,却治根。"

有次何少聪回湖州老家有事,阿墨就独当一面了,其时有一位《民声报》的主笔病了,阿墨诊断为重感冒,除开了三帖中药外,还开了一盒阿司匹林。

三天后何少聪回来,问有哪些病人来就诊,开了哪些药等等,阿墨自然一一据实秉明。

何少聪指指阿墨的脑袋说:"你呀,太实,哪有像你这样看病的,都像你这样,当医生的吃啥。"

阿墨似懂非懂。

何少聪见他不开窍,只好直说。他告诉阿墨:说真病,卖假药,这是医德问题,我辈不为。但病留三分治,这是允许的,都一下治好了,不自砸饭碗吗,病家是医家的医食父母,只有病家常来光顾,医家才衣食不虞……

阿墨终于听出了何少聪的言外之意,但他默然无语。

再说《民声报》的主笔吃了阿司匹林,重感冒很快好了,他有感于药到病除,就在报上写了篇褒扬何少聪诊所的文章,说连他的徒弟也如此好手段,可见医术之高超。这篇文章一发表,影响可大呢,不少病人拿着报纸寻上门来看病。

何少聪连连说没想到没想到。从此后,他诊所引进了西药,看病也不再留一手,何少聪诊所的名声愈发在外了。

玉雕门

令门阿四也没想到的是，记者的那篇文章无形中等于给他做了变相的广告，来找他定制定购玉摆设的反而更多了，而且基本上都是外地的。

千万别误会，玉雕门不是玉雕的门，而是姓门的玉雕匠，娄城习惯称打铁的张三为"打铁张"、箍桶的李四为"箍桶李"，风气如此，好记，即使外乡人一听也就清清楚楚知道对方是干哪个行当，吃哪碗饭的。

玉雕门曾是我的邻居，早先都住在翰林弄，可以说是翰林弄最穷困潦倒的一家。他家兄弟姐妹九个，他妈曾打算生满一打，做光荣妈妈去北京见毛主席，没想生到第九个，国家不让生了，非但上北京成了肥皂泡，更糟的是这九张嘴个个要吃要喝，愁呵。借钱借米是每月的功课，玉雕门原名门阿四，他上头三个均为丫头片子，因此老老面皮东家借，西家赊的事就由他出面，门阿四也就在借借还还中过早地尝到了底层百姓的艰辛，说他是个早熟的孩子，他自己都承认。

我 1970 年初去外地工作后，就很少再碰到他，等我 1990 年调回家乡时，我家搬了，他家也搬了，也就没啥接触了。

知道玉雕门就是门阿四那是一年前的事，有次，上海有位朋友打电话来托我问一下玉雕门的电话,据他说此人很有名。我对这玉雕门确确实实一点不摸门,只好答应去问一问。

门姓在娄城是个冷僻姓,三拐四转就让我打听着了,原来就是早先与我一起住翰林弄的门阿四。

门阿四会玉雕,门阿四吃起了玉雕饭?我总觉挨不上茬儿。

我一个电话打过去,门阿四一听是我,非要请我吃饭,我说免了免了,他说晚上车子来接我,上他家去聚聚,聊聊。

门阿四说到做到,晚饭前自己开了部奥迪车来接我,竟住在南园别墅区,我只知道南园别墅区都是大款们的高档住宅,没想到早年穷得丁当响的门阿四如今鸟枪换炮,时来运转到如此这般地步,真正用得上"刮目相看"四个字。

我与门阿四算是从小玩到大的,说话用不着拐弯抹角,我说:"混得不错,门阿四成玉雕门,有两下子。"

"别臭我了,我那两把刷子你还不知道吗,抓住了个机会,发了一笔财。"他脱口说道。

他知道我这几年在写东西,很哥们儿地对我说:"我的事只能听,不能写。"

其实门阿四那天也没说啥,只告诉我现在主要加工制造吉祥摆设,如玉如意,玉雕"平生三级",玉雕"连中三元"等,生意很是不错,这些东西价钱上大来大去,利润可观,但是个有风险的行当。

我不便刨根问底,也未问他风险指的是什么。不过我总觉门阿四那儿有点儿不对劲。

后来我从侧面打听到一些门阿四的事。据说他如今是个体户,却不摆摊不设门市部,坐等客户上门,很有点儿姜太公钓鱼愿者上钩的味道。那些来买玉摆设的两类人物最多:一是大款暴发户,二是官场中人。我有点明白门阿四生意好的原因了。

门阿四终于出事了,被检察院传唤了两次。原因是S市近年出事倒台的十多位政府官员几乎家家抄出一件或几件玉雕摆设,一查,源出一处,行贿者均是向玉雕门定制定购的,因这些玉摆设少则要两三千,多则一两万,所以办案人员不能不找玉雕门来了解核实。

不久，外省有一本杂志登出了S市一位记者写的纪实文学《玉雕的诱惑》，详细披露了S市某些大款暴发户送玉如意、玉璧、玉璜、玉镇纸行贿政府官员，交结权贵的事实，这还不算，更触目惊心的是揭露了有些想往上爬的"冒号"，为了讨好上级，送钱怕太露太俗，就到玉雕门那儿定做玉摆设，例如平升三级，一只玉花瓶中插三枝戟，瓶谐音平，戟谐音级，连在一起意谓"平升三级"；还有连中三元，由一架玉雕底座再放三只玉元宝组成，元宝谐音元，三元宝就是解元、会元、状元连中三元之意，这都是官场中祝福高升，官运亨通的吉利词汇，送者受者都心照不宣，日后的关照也就无需明说了。

门阿四吃准来定制定购的十有八九是贪官赃官，或送贪官赃官的，多数又是公款消费，所以他往往狮子大开口，开出的都是离谱的天价。不过他也不会让买者太过吃亏，他会另送一两款小件玉饰物，于公于私都照顾到，所谓吃小亏占大便宜。送礼不白送，送者拿得出手，受者敢于收，官场中的消息传得很快，看样学样的也多，因此玉雕门生意一直不错，也就发了。

记者的纪实文学一发，加之检察院来找了门阿四两次，门阿四很是灰了一阵。他心灰意懒地对我说："看来我玉雕门这回要关门打烊了。"

然后，令门阿四也没想到的是，记者的那篇文章无形中等于给他做了变相的广告，来找他定制定购玉摆设的反而更多了，而且基本上都是外地的。

玉雕门又活了过来，又神气了起来。

大学士路

> 他们一个个都惊呼这一条街远比昆山周庄、吴江同里有看头有内涵,认为拆了实在实在太可惜。

　　大学士路是娄城保存最完好的一条老街。据上了年纪的老人说:这条街元代时就有了,到了明万历年间,当地出了个大学士王华夏,后王华夏回故里在这儿造了祠堂、宅第等,其宅第的天井里有个小池塘,池塘里植有睡莲,这睡莲并非年年开花,如开花,王家子孙中必有中举人进士的,甚至后来民间传闻,若开红花则中进士,若开黄花则中举人,若开白花则中秀才,开几朵中几个,反正越传越神。传来传去,传得娄城老老少少都知道,这大学士路是娄城风水最好的地段,于是,官宦之家,殷实富户,都不惜巨资要在这条街上觅块地皮起屋造宅,或干脆买下这儿的老屋老宅,加以改建。到了清代,这一条街上几乎都是有财有势的人居住,明清古建筑栉比鳞次。大约到了抗日战争时,这儿的名人逃的逃、躲的躲,渐渐衰败了下去,解放后,这一带的房主十个倒有九个成分不好,谁还有心思与财力修缮老房,老房子就愈发破败了。到了90年代,年轻人都要住煤卫独用的公寓房,谁又肯住百年老屋,结果,除了还

有几位老头老太守着那祖传的老房子,大都出租给了外地民工。外地民工住一天算一天,房子破败关他屁事,几年住下来,越发地脏乱差。

惟有娄城的几位摄影家画家作家与几位民主党派人士对这条明清老街时时牵挂着,或写稿子投向市报,或写提案交给市人大市政协,但无不石沉大海。据讲,市里的领导不是不想管,而是一个"钱"字棘手啊,你想想,翻新改造这条街岂是几万几十万就能摆平的。

摄影家石草轩花了约三个月的时间,把这一条街的一屋一室,一门一窗,一础一石,一树一花都拍了个遍,并一一编号,整理成厚厚一本《大学士路古建筑档案》。

后来,改造老城区之风在全国刮起时,石草轩预感到这条街上的老屋命运难保了。他说动了电视台的摄像阿建,花了整整一天时间,俯拍、仰拍,全景、特写,反正把这条大学士路浓缩到了几盘带子里。

石草轩知道凭他一介草民,人微言轻,要想阻止拆迁改造无疑是一厢情愿。惋惜万分的他,所能做的就是通知邀请邻县几位摄影爱好者来看一看,拍点照片留个最后的纪念。那些摄影师都是些走南闯北的老资格,他们一个个都惊呼这一条街远比昆山周庄、吴江同里有看头有内涵,认为拆了实在实在太可惜。其中有位叫"老法师"的,自认为与娄城市长交情不薄,他当即一个电话打过去,恳请市长考虑能否手下留情,不要拆这条街的老房子。市长倒也坦率,笑笑说:"如果换了省长或省委书记给我打这个电话,我可以考虑。你嘛,我就爱莫能助了。抱歉抱歉!"

市长一声令下,仅仅一个星期时间,大学士路就在尘土飞扬中夷为平地。房子才拆除十来天时间,传来了泰国王氏族亲团来寻根访祖的消息,据说这些王氏后裔还携带了巨资准备到娄城来投资,准备修复祖宗祠堂,可惜一切已荡然无存。

市里领导也深为惋惜。

石草轩闻知此事后,把那几大本大学士路建筑档案作礼品送给了泰国王氏族亲团。团长要送摄像机、照相机给他,他坚决不肯收。

后来,传来消息,石草轩拍摄的那些老照片在美国的一个国际性摄影展上获了特等奖,接到领奖通知时,石草轩泪流满面,有人说他是因激动而哭,也有人说他是在为老房子而哭。

妙 手

> 世界之道，一物克一物，有长必有消，只是你有否找到克星而已，病与药也是同一机理。

　　妙手即田杏林,田杏林即妙手,这在娄城上至四套领导班子,下至平头百姓,知道他人名,知道他本事的可多呢。

　　在娄城,你可以骂市长,骂市委书记,但谁敢编排田杏林的不是,必有人出来与你论辩。

　　田杏林为何能赢得如此口碑与爱戴呢？原来他是出了名的治癌土医生,被誉之为有起死回生、妙手回春之大本事的人。

　　田杏林是六六届高中毕业生，插队插在娄城的古庙镇，因他父亲解放前是个坐家郎中，他从小耳濡目染，略懂医理，大队里安排他当了赤脚医生。

　　有次，细心的田杏林发现被摘了帽的地主婆梁嫂突然消瘦，而且面色发灰，以医生的敏感，田杏林意识到梁嫂可能患了大毛病，他劝梁嫂去娄城医院检查一下。因梁嫂地主婆的身份，田杏林思想斗争了好几天，决定悄悄地陪她去趟娄城医院，结果被诊断为肝癌。

　　田杏林心为之一沉，谁知梁嫂自言自语道："癌症

倒不碍。"

田杏林听梁嫂说这话,只能无奈地摇摇头,他实在没勇气告诉梁嫂,癌症乃不治之症。

不久,生产队牟队长的老母亲也查出生了癌,也是肝癌。牟队长的舅舅是娄城卫生局的副局长,于是病人送到了娄城,长住医院治疗。

后来,公社保送田杏林去医科学院读书,那时叫工农兵大学生,读了一年,田杏林就回到了娄城。回来后他发现,牟队长的老母亲已魂归西天,而梁嫂却活得好好的。田杏林联想起了梁嫂那天说的话,心想,难道梁嫂有什么治癌秘方不成?于是,田杏林给梁嫂作了一次检查,并长谈了一次。没想到梁嫂也并无什么祖传秘方,仅仅是每日汤里放一把黄豆而已。田杏林将信将疑,后来,他又找过几次梁嫂,说要研制一种抗癌治癌的药丸,以挽救千千万万癌症病人的生命。梁嫂有感于田杏林的诚意与善心,终于把压在舌头底下的话说了出来,她说:她还吃过一味药,那就是把蟾蜍煮了汤喝。因为蟾蜍当地人俗称癞蛤蟆,样子很恶心人,她怕别人不信,说她别有企图,所以迟迟没露口风。

田杏林在医科学院读了一年书,还是有点儿长进的。他发誓要在防癌治癌领域里做些成绩出来。他到处找古医书读,到处觅偏方、单方。读书渐多,他知道了肿瘤其实古已有之,只是古人不叫肿瘤,而称恶肉、肉瘤、痦块、瘿、瘕、痃癖、肠覃、积、膈、聚、翻花、疣痣、赘、岩等等,是归在肿疡、痤疡范畴的。

田杏林深信,世界之道,一物克一物,有长必有消,只是你有否找到克星而已,病与药也是同一机理。

田杏林以梁嫂的方子为主,又参考了多张民间草药方子,制定出了治癌四大法则:即竖者削之,结者散之,留者攻之,损者益之。换句话说就是对病人与病灶,实行扶正祛邪,调整、恢复脏器功能的正常运行,从而产生自我抗体,达到治愈目的。故田杏林把他的治癌药丸命名为"扶正祛邪丸"与"肿瘤百消汤"。

如今,田杏林的名气早越出了娄城,有人对他说:"你辞职搞个体,必发大财。"但他只淡淡一笑说:"钱这东西,生不带来,死不带去。"再不说什么。

前不久，他在娄城政协文史委编的《娄城文史》上发了一篇文章，大意是他研制的"扶正祛邪丸"与"肿瘤百消汤"凝聚了前人的探索结晶，特别是不能忘记梁嫂这样的献方人……

有人说：要是放在1957年，光凭这篇文章，不是右派，也是右倾。只是这些话没人会在田杏林面前说，也不敢在大庭广众说。

倒 插 门

> 倒插门在娄城是一种民俗，与普通人家娶妻嫁女一样的。

麦穗黄大学毕业后，只身从江西老家来到了娄城，决心好好闯荡一番。

麦穗黄应聘到了娄城的一家私人企业里打工，负责产品开发。

麦穗黄在娄城无亲无眷，住集体宿舍，吃单位食堂，生活自然单调了点。

也是有缘，不久开发部来了一个女大学生叫吉辰辰，是娄城本地人。俗话说"男女搭配，干活不累"，自来了吉辰辰后，麦穗黄觉得开发部每一日的太阳都鲜鲜亮亮，暖暖和和。

吉辰辰算不得大美人，不过到底是水乡的姑娘，白白的皮肤，黑黑的头发，红红的嘴唇，亮亮的眼睛，那份水灵，那份气质，还真能打动人呢。

麦穗黄心里渐渐有了吉辰辰。吉辰辰见麦穗黄长得壮壮实实，为人老老实实，衣着朴朴实实，工作实实在在，对麦穗黄就有了几分好感。

日久生情，慢慢，两人就好上了，年轻人感情发展得快,只一年多工夫,就到了谈婚论嫁的地步。

麦穗黄毫无思想准备的是,吉辰辰提出:麦穗黄必须倒插门到他们吉家,即民间说的"上门女婿"。

做倒插门女婿在娄城算不得什么,但在麦穗黄老家却是件并不大光彩的事。在乡人眼里,只有那些没本事的男人才倒插门。凡倒插门的男人在社会上是矮人三分的,麦穗黄不能不有所顾虑。

吉辰辰到底是大学生,思想不老派,她并不逼麦穗黄一定要做上门女婿。她给麦穗黄算了一笔账——如果不做上门女婿,一套房是最基本的,没有十五六万拿不下来,加之家用电器与办酒席等,算得再紧,再加个五六万元要吧。以麦穗黄与吉辰辰两人的收入,一下拿出这样一笔钱,在三五年内绝无可能,除非贷款。若同意倒插门,新房是现成的,家电是现成的,甚至办酒席也不用俩人操心,用当地比较粗俗的一句民间俚语就是"做女婿只要带只卵"就可以了。

吉辰辰怕倒插门伤了麦穗黄的自尊心,她举例说娄城的张局长是倒插门的,娄城的名画家宁乾坤是倒插门的,娄城数一数二的企业家裘老板是倒插门的。倒插门在娄城是一种民俗,与普通人家娶妻嫁女一样的。早先娄城若哪家膝下无子,或独生女儿,舍不得嫁出去,往往就采取招女婿的办法。事实上,哪家招女婿哪家就得准备房子等一应东西,是笔不小的开支呢。若非殷实人家,想招女婿,未必有人肯倒插门。

麦穗黄考察了娄城的倒插门风俗后,很是感慨,他发现这娄城不管是城里或乡下,倒插门都不是失面子的事,也从没听说谁因倒插门而被人瞧不起。

麦穗黄想倒插门就倒插门吧,他决心把结婚省下的这笔费用,添置台最先进的电脑,办好上网手续,这样,即便在家里也能及时了解世界各地的信息,利用八小时外搞点儿开发产品的设计。他听说自己老板也是从几个人的小厂发展起来的,榜样在前头。既然生活上没了后顾之忧,条件成熟后,自己不也可以开厂做老板。他决心写一篇《关于娄城倒插门风俗的调查报告》,据说日本学术界对此选题极有兴趣,他自信,由他这个倒插门女婿来写,必能比一般人写得更生动、真实。

阿麻虞达岭

> 但突然出现了七彩霓虹,阿麻如打了强心针般跳起来,迅速按下了一次又一次快门……

在娄城,如果也像扬州排八怪十怪的话,虞达岭排不进十怪,排十一怪估计是不会有什么问题的。不过你如果向人打听:认识不认识虞达岭,十有八九会说没听说过这个人。但如果你说就是那个搞摄影的阿麻。闻者一定会说:呃,阿麻,知道知道。说阿麻就是了,谁不认识他呀,说虞达岭干什么,真是的。

阿麻因满脸麻子,绰号阿麻,叫他阿麻,他并不见气。他喜欢摄影,痴迷摄影,说起来还与他的麻子大有因缘呢。

阿麻因麻子,从不敢去拍照。当时县城照相馆有位拍照的给他拍了一张高调照片,经过艺术一处理,那些麻子竟一个都不见了。自此,虞达岭知道了艺术摄影是怎么回事了,他决心学摄影,给不美或不太美的人,拍出美的或最美的照片来。

这一钻,就钻了进去。后来,娄城人都知道:要想拍得俏,惟有找阿麻。

后来,阿麻已不再满足于给顾客拍人像照,于是,花掉了原来准备结婚办酒席的钱,购置了尼康相机等全套设备,一有空就往乡下跑,往邻县跑,往外地跑,四处去拍照,谓之曰采风。

东采风,西采风的结果是家徒四壁,常常弄得口袋里布头贴布头,妻子也离他而去。他也不急,反觉得这样一人吃饱,全家不饿没什么不好的。

由于没了人管束,也就更自由了,拍照就成了他生活中的头等大事。应了有数量才有质量这话,阿麻的摄影作品竟入选了好几次档次不低的展览,还获了奖。省摄影协会吸收了他,报社记者来采访他,称他为摄影家。受此鼓励,阿麻的胃口开始大了,他已不满足于一般的采风拍摄,他决心深入到新疆、西藏这种与江南风情反差很大的边陲地区去拍照片。

阿麻作出了一个让人吃惊的举动,停薪留职去边疆地区采风拍照。

俗话说"物以类聚,人以群分",阿麻在采风过程中还真碰到了两位同行呢。一位叫黑皮,一位叫长头发。三人一拍即合,结伴而行。

在澜沧江一个少数民族寨子里,阿麻听说寨背后那座叫神女峰的山头景色奇丽无比,便决定上山去拍,当地人警告他们说,没向导带上山很危险的,但阿麻执意要上山,黑皮与长头发只好陪他上山。天没亮就开始爬山,爬得气喘吁吁。上得山顶,才发现山顶上竟大雾弥漫,什么都看不见。不要说拍照,一打开镜头盖,镜头就潮了,山上的雾气实在太大,看样子一时半刻这浓雾也散不去,黑皮与长头发劝阿麻下山,阿麻死活不肯。他说好不容易爬上来了,一个好镜头也没抓拍到,岂不太可惜了,等等吧,说不定过会儿雾就散了呢。

高处不胜寒,浓雾锁峰的山顶寒意袭人。长头发与黑皮实在挺不住了,对阿麻说:"镜头可以放弃,但安全不能放弃,身体不能放弃,下山吧,来日方长吗。"阿麻很不情愿,极为惋惜地下了山。下山时,阿麻哭了,他大骂老天太不够意思了,我吃辛吃苦爬上来了,你就不给个好脸色看……

不知是不是阿麻的骂声惊动了老天,还是阿麻的眼泪感动了老天,下至半山腰时,雾散了,天放晴了。阿麻一见,劲头顿时来了,坚持要再上去拍。黑皮与长头发说:"阿麻,铁打的身体也经不住这样折腾,我俩

就是刀架在脖子上也爬不上去了……"

阿麻见动员不了他俩,就一个人再次爬上了神女峰。当他爬上山顶时,几乎累得喘气都吃力了,但突然出现了七彩霓虹,阿麻如打了强心针般跳起来,迅速按下了一次又一次快门……

后来,阿麻的《七彩神女峰》入选美国的一次国际风光摄影展,他的另一张《神女应无恙》被日本一家旅游杂志作了封面,只有这个时候"虞达岭"三个字才会署上去。

黑皮知道后,悔得要吐血。

长头发老老实实说:"阿麻的这种痴迷劲,一般人学不来。我是甘拜下风,只能看他入选得奖,眼红不得。"

彻　悟

> 慕容因彻底断了仕途之路,种花养鸟,以花鸟为伴,以书画糊口。

慕容因自从知道了自己的身世后,一直陷在一种矛盾之中,一种极为痛苦的矛盾之中。

他万万没想到自己是前朝翰林慕容阳明的子孙,万万没想到自己的祖父慕容阳明是被清兵所杀害的。如此看来,自己与当今朝廷有着不共戴天之仇的。父亲啊父亲,你为什么不早说呢,为什么偏偏要在我进京赶考之前透露给我呢。难道你是想让我自己抉择?嗨,你这不是把难题一下抛给了我,叫我如何是好呢。去吧,这先祖能答应吗,难道我能为了自己的功名,自己的前程,不顾杀祖之仇,去为当今的朝廷服务。不去吧,自己寒窗苦读了十多年,还不就是为了这一天,学而优则仕,读书人不去考个功名,捞个一官半职,报效朝廷,报效国家,又是为了什么呢?总不见得因了祖上与当今朝廷有仇,子孙后代就永远不读书,不赶考,不出仕,永远终老乡野吧——太让人为难了。左也不好,右也不好,去也不成,不去也不成,慕容因寝食不安,愁云满面。

父亲看着慕容因这样痛苦,侧过头,对他摆摆手:

"去吧,你去吧。为父的不拦你,不说你,一切的一切你好自为之吧。"

慕容因如获大赦似的仿佛卸掉了心中的大石头,他终于决定去参加乡试,但他做梦也没想到试院里一片混乱,夹带者有之,买通者有之,雇枪手者有之,结果胸有成竹的慕容因反名落孙山。这次落第对他的打击实在太大太大。他开始知道"黑暗"两字是怎么写的了。

幸好慕容因出身于书香门第,从小饱读史书,琴棋书画,写诗填词无一不精。无奈之下,他以书画谋生,在娄城挂出了"因字书画苑"的招牌。

娄城是娄东画派的发源地,王时敏是书画界的领袖人物,其威望如日中天,书画界谁不马首是瞻,以拜倒在他门下为荣。但慕容因偏不,他对王时敏那种讲究笔墨功夫,兼工带写的所谓慢功出细货的画法不屑一顾,他喜欢大泼墨大写意,自称邋遢画家。他画画时,从不用好笔,有时几支破笔握在一起,也不管颜料盆里是黑是黄是赤是青是蓝,蘸了扫上去再说,也从不在乎那墨汁那颜料在宣纸上滴得墨团墨点,信手走笔,一路随意。也是让人吃不透,慕容因越是这样无章无法无程式地瞎揭揭,竟越有一班人喊好,来捧他的场,他的书画价格也越飚越高。再加上慕容因画了图,喜在画面上题诗,那些不拘常格的顺口溜式的诗意也大受欢迎,甚至传诵一时。

慕容因的名头确乎越来越大了。然而,慕容因遭到的反对也越来越大。有人认为他的画不登大雅之堂,属野狐禅一路。因此,朝廷选取画,官场上进画,没人选他的画,买他的画。

慕容因不服,可又没有什么办法,最多写写诗,发发牢骚而已。

机会终于来了,素喜书画的乾隆下江南来到了娄城。乾隆知道娄城是有名的书画之乡。遂命人送呈书画,由其评定。慕容因知道如果失去了这次机会或许一辈子都不会再有这样的机会了。他精心绘了一幅《茅舍弹琴图》,并题诗曰:"琴心谁能知,尚有子期否?若无知音赏,沉醉笑白首。"

平心而论,乾隆倒是有点喜欢慕容因的这幅别具一格的《茅舍弹琴图》,但读了这首题诗后,不禁眉头一皱,说道:"太过自负,太过牢骚,且沉醉去吧。"

有朋友传话给慕容因后,他悔啊,懊悔写了那首诗,触犯龙颜。当晚

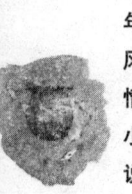

他又画了一幅《松下操琴图》，又题了诗再次呈献。诗曰："松冠如盖兮，琴者借其荫。若得知音赏，一曲动天庭。"

乾隆看了这幅画后，良久，轻轻说道："可惜啊可惜！"随从不解，问可惜在何处？乾隆若有所思说："少了文人的节操，不用也罢。"

就这样，慕容因失去了最后的机会。

此事后来传了出来，越传越走题。慕容因原先的一点儿好名声，因了此传闻，扫地殆尽。最有意思的是，曾有一高人解"因字书画苑"时，认为因字乃国字框，大字乃一人，中国画又称国画，可见因字乃国画第一人也。而今，他重新解析此字，认为因字乃口中一人也，口中之人，自然属小人。人是会变的，高人长叹一声，摇头而去。

慕容因彻底断了仕途之路，种花养鸟，以花鸟为伴，以书画糊口。临死前，他躺在病床上反思自己这一生，方大彻大悟。残月孤灯下，他狠狠地打了自己两下耳光，骂自己混账，责问自己怎么会官迷心窍，给乾隆写那种没骨气的诗，一世英名毁于一旦。一时，慕容因泪流满面，他喃喃自语道："亏了，亏了，我晚节亏了。早知今日，何必当初，到头来，两头落空。我做人太失败了太失败了。"在无限的自责与懊悔中，慕容因终于去了另一个世界。

婚 补

> 如今中老年来补拍结婚照的可多呢,这叫婚补,既留住青春,又加深感情。

姚建国发现老伴儿戴红花近来有些不对头,没事老傻愣愣地看着女儿的结婚照,那神情让人捉摸不透。

姚建国以为老伴是舍不得女儿嫁出去,就劝慰她说:"女儿总是要嫁出去的嘛,我这当爹的更舍不得,我也没像你这样。"

"你知道个啥,我是羡慕女儿,你看看,那婚纱多高雅、多漂亮。可我当年嫁给你,不要说进照相馆拍结婚照,连像像样样的双人合影照也没有……"

"怎么、怎么,觉得亏了,懊悔嫁给我了。可惜啊可惜,不能再年轻一次,要是能再年轻一次,嫁个大款,办它个108桌,拍它个成组成套的结婚照,或者再参加个玫瑰婚典,上上镜头。我这建议该不该得奖。"姚建国打趣着。

"懊悔有什么用,就看你如何弥补。"

"有办法啊,把家中所有存款取出来,请刘晓庆的化妆师毛戈平出场,把你化妆成18岁大姑娘,把我化妆成20岁的英俊小伙子,然后去梦巴黎婚纱摄影中心补拍结婚照,让所有认识我俩的人都惊得目瞪口呆。"

"好、好主意,我一百个赞成。只是我们那点钱,不知请得动请不动毛戈平?"

"嘿,你真把我这些玩笑话当补药吃了。"

"我当然是当真的。"戴红花一本正经地说。

自这后,戴红花留意起了娄城大大小小的婚纱摄影院,问了价钱,调查了化妆水平,一一做了记录。在两人结婚25周年的前夕,戴红花郑重其事地向姚建国提出:"补拍结婚照!"

姚建国摸着稀疏的略有花白的头发说:"都一脸老橘皮了,还拍结婚照,不怕被人笑掉大牙,免了免了。"

戴红花满怀的希望,一下子冷了许多,但她不死心。有点不开心地说:"建国,结婚25年了,我提过要求吗,难道就这点要求你也忍心拒绝。"

姚建国见老伴儿有点儿动气了,忙说:"拍,花多少钱都拍,不过,你想拍就一个人去拍 我就不去了,这一把年纪了,我这老脸抗不住。"

"怎么,偷人啦,怕丢人现眼,我是你原配,结发夫妻,怕啥。法律上什么时候规定过拍结婚照是年轻人的专利。"

姚建国知道说不过老伴儿,像当俘虏兵似的被老伴儿押到了梦巴黎婚纱摄影中心。化妆师告诉姚建国,如今中老年来补拍结婚照的可多呢,这叫婚补,既留住青春,又加深感情。

戴红花笑逐颜开,姚建国一任他们摆布。摄影师是个老资格了,但见姚建国自始至终没笑容,开始也不吭,待位置坐定后,他三逗两逗就把姚建国逗笑了,眼明手快的他,"咔嚓"一声定格。

姚建国到底是大学的教授,气质风度一流,这照片冲印放大后,效果出奇的好。梦巴黎婚纱摄影中心与姚建国、戴红花商量,想摆在橱窗展出。

姚建国万万没想到效果这么好,也有点儿得意。在戴红花的鼓动下,他终于点了头。

不知是这照片确实拍得好,还是姚建国的教授身份,竟有报社的记者在市报《时尚》栏目发了篇《婚补——中老年人的时尚》的报道,还以

姚建国与戴红花为例子,配发了那张照片。这一来,两人就此成了娄城的热点人物,后来连电视台记者也来了。

据说这之后,娄城的中老年婚纱摄影一下火了起来。更让姚建国与戴红花想不到的是电视台《百姓生活》栏目策划了一栏节目,要拍摄两人补旅游结婚的过程,一切费用由电视台来付,只要两人充个主角就可。当姚建国还在犹犹豫豫时,戴红花一口答应,兴奋得像个新嫁娘。

血井

> 甚至有人说这是用死人压活人,用历史陈迹来阻挡城市建设发展的步伐……

娄城老城区改造时,发现了一口400多年的古井——八洞井,而此井已湮没两百多年。

当地的作家卞能婴听说后,连夜翻资料写了篇《血井八洞井》,在这篇文章中,卞能婴详细考证到八洞井始挖于明万历八年,距今有420多年历史,相传是娄城的一位王姓阁老丁忧回乡期间命人开挖的,其井比一般的家用井要大得多,井口覆一青石板,青石板上有八个洞口,可同时容纳八只吊桶打水。此井原来的位置应该是状元弄的中间部位,换句话说此井乃公井,是王阁老积德行善之举,可以想像,数百年前,此井栏边一定吊水人不断,淘米、洗菜、洗衣的常使这儿热热闹闹。

清咸丰十年(即1860年),太平军摧毁了清军的江南大营,于当年攻克娄城。据地方志记载:当时的清军守城将领拼死抵抗,城虽破,但太平军亦死伤惨重。

攻城的将领岑牛刀进城后,得知县官谈之光住在状元弄,立即派兵抄了谈之光家,此时谈之光已战死,

仆人逃的逃，散的散，仅剩下其大小老婆、儿子女儿等一干家属如热锅上蚂蚁，不知如何是好。岑牛刀是行伍出身，性烈如虎，嫉恶如仇，他为了替死难的兄弟们报仇，下令杀了谈之光一家大小十九口人，就在八洞井边杀的。据地方志记载，血流汇井，井水为之赤，遂有血井之称。自此后，附近百姓再不敢到此井吊水，到此井来淘米、洗菜、洗衣。

太平军退出娄城后，接任谈之光出任县官的，认为此井不洁，下令填没。随着岁月的变迁，血井就渐渐被娄城人淡忘了，已很少很少有人知道娄城历史上曾有过一口八洞井，曾是一口血井。

卞能婴的文章在市报上见报后，引起了文管部门与不少热心读者的关注，有人提出要作为娄城的文化遗迹来保存保护这口八洞井。

然而，按照老城区改造方案，这八洞井的位置，正是金泰房产开发公司造商用楼的所在地。而金泰房产公司的董事长正是市长的小姨子，在娄城是个手眼通天的人物。要想保留八洞井，势必让金泰房产公司少造一幢楼，这简直就是虎口中夺肉，不是一般性的难。

事实也确实如此。尽管读者们议论纷纷，热心市民一批又一批赶到现场去看一眼八洞井，但金泰房产公司只当不知道，该怎么施工仍怎么施工，基建队伍已在划线开沟了。

卞能婴看不下去了，赶到电视台，请电视台去拍一拍，在新闻节目里呼吁一下，以引起市里主要领导的重视，或许能保住这古迹也说不定。

台长倒颇有点勇气，派摄像人员立马去现场采拍了新闻。然后等了三天，却不见播出，卞能婴打电话问台长。台长有些沮丧地说："市领导不让播。"

原因是领导认为此井虽为古井，但血井历史涉及到太平军杀人之事，若作为历史遗迹保留，恐有损太平军形象，会造成负面影响，因此，保存价值不大。甚至有人说这是用死人压活人，用历史陈迹来阻挡城市建设发展的步伐……

卞能婴知道大局已定，再呼吁已没有实际意义。心灰灰的他回家后写了首《哭血井》的诗。他给了市报，市报没发，给了《娄城文艺》，《娄城文艺》也没发。

血井终于消失了，消失在一幢商用楼地基之下。

卞能婴不甘心血井从此无影无踪，无声无息，他想个人捐资在商用楼边上立块碑，正面写"八洞井——血井遗址"，背面镌刻历史传说。

但卞能婴最后没能如愿，说穿了，金泰房产公司不允许他立此碑。卞能婴再能，他的个人能量毕竟是有限的。

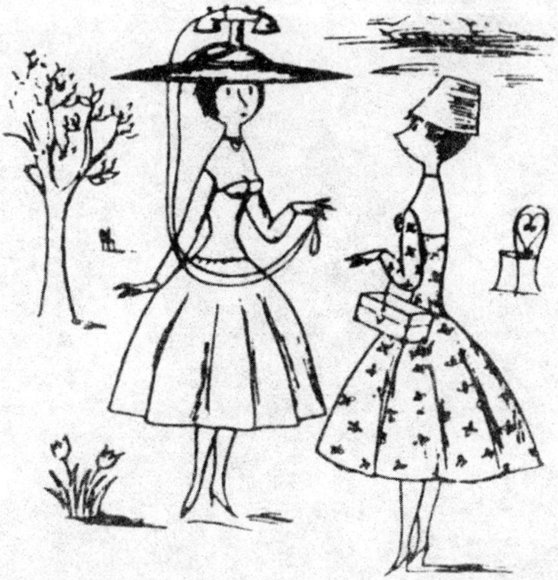

第七辑

菖蒲之死

收藏家沙里金

> 他被娄城收藏界发现,本身就极富戏剧性,就像出土文物被意外发现一样。

凌鼎年风情小说

沙里金是个不事张扬的人,他甚至连娄城的收藏联谊会也没参加,在娄城收藏界,很少有人知道他的大名,更不要说认识他了。他被娄城收藏界发现,本身就极富戏剧性,就像出土文物被意外发现一样。

有次,沙里金家里失窃了,失窃的竟然是他最宝贝的一叠张大千的素描稿。张大千如今被誉为国画大师,他的国画作品哪幅不是几十万,乃至上百万啊。但再贵,毕竟拍卖市场上有货,只要你掏得起,又不肉痛票子,收进个几幅不是没有可能,但张大千的素描稿,又有几个收藏家见过,又几时听说过哪家拍卖行拍卖过张大千的素描稿。物以稀为贵,所以这些素描稿尽管没托没裱,但他用盒子装着,放在了五斗橱抽屉里,可能因为锁在了抽屉里,梁上君子估摸出了这些素描稿的价值,竟一股脑儿全偷了去。

公安局的娄民警问沙里金其他还偷了些什么?沙里金想了想说:"还有几百枚毛泽东像章。"这几百枚毛泽东像章是"文革"时沙里金家里留下的,并不是他这几年刻意收藏的,在他眼里,这些像章收藏的价值远不能与张大千的素描稿相比,所以他报案时提都没提。

过了半个月,案子破了,是小偷在古玩市场上出售毛泽东像章时被逮住的。

沙里金最关心的是张大千的素描稿还在不在。谢天谢地,一张也没缺。只是全弄皱弄坏了。原来那个小偷潜进沙里金家后,撬开了五斗橱抽屉,竟没翻到现钱,他原以为那放在最底层的盒子里有他想要的东西,结果是一叠发黄的破纸头,送给他擦屁股他都不一定会要,小偷随手一扔,又翻开了,这一翻被他翻到了一堆毛泽东像章,小偷听说如今这毛泽东像章能换钱,就一个都不能放过了。他怕倒在包里磨损坏了不值钱,就拾起刚扔的那叠张大千素描稿,把几只大的毛泽东像一一包好了放进包里……

沙里金听说小偷把他视作宝贝的张大千素描稿派了这么个用场,气得差点吐血。

"愚昧!愚昧!!"他愤愤地说着。

因了这案子,娄城收藏界知道了沙里金的大名,知道了他手里还收藏着好多名人字画呢。幸好那小偷对这些字画不感兴趣,才免遭劫难。

沙里金在单位里只是个办公室主任,属中层干部,原本单位里同事只知道他肚里有些货色,有些书呆子气而已,不知道他搞收藏,他家中失窃案破后,市报上发过一篇报道,记者写稿时,就写到了沙里金的收藏。

沙里金局里的局长是个爱附庸风雅的人,听说属下沙里金是个收藏家,来了兴致,提出到他家看看,顶头上司要看,沙里金实在没理由不让他看,只好不很情愿地接待了局长。

局长说不出王时敏、王鉴、王翚、王原祁"四王画"与郑板桥、金冬心、汪士慎、黄慎、高翔、李鱓、李方膺、罗聘等扬州八怪之画的区别,但他知道唐伯虎、齐白石、徐悲鸿的画值老价钱,挂在家里满室生辉,送给上司,有分有量。局长看了一幅又一幅画,还是没见他心目中大名头画家的画,有点不悦,就开门见山说:"不是听说你有齐白石的虾、徐悲鸿的马吗?拿出来看看。"

沙里金见局长点了名,知道逃不过,就拿出了一幅徐悲鸿的《双马图》,局长一见眼睛就直了,连说:"好,好,画得像,太像了!"这后,局长再不看其他画,只盯着《双马图》沉思。

第二天,局长对沙里金说,最近局里想提拔一位副局长,你是人选之一,要把握机会呢。

过了两天,局长见沙里金没有任何反应,忍不住对他说:"最近我有位老首长要来,我思来想去,怕送重了他不收,送轻了不好,想来想去,想到了你收藏的那幅徐悲鸿《双马图》,这样吧,我也不白要你,你开个价。你考虑考虑给我回话。"

沙里金终于没舍得割爱。

后来,沙里金的办公室主任莫名其妙地被免了。最近,局里传精简机构要精简到沙里金。沙里金考虑了几个晚上后,向局里打了个提前退休的报告,因为他刚好满三十年工龄了。

局长长长叹口气说:"这个书呆子啊。"

拍卖行来了款爷

> 龚大秋尽量放慢语速,可依然没人应价,全场死一般地静。当他无可奈何地敲下去的时候,全场掌声四起。

娄城的鼎山拍卖行是新开张的,但据圈里人透露:春节前头一次拍卖,就赚了一笔,宰了好几个冤大头。

这年头,款爷款婆多了起来,凡进拍卖行的,都是腰包鼓鼓的主儿,即便花点学费也无所谓。

据讲,古玩的行情还在看涨。投资古玩,升值最快。

这不,鼎山拍卖行第二次拍卖,比之第一次开张人气旺多了。

据说有两个苏北款爷是特地隔夜赶来的。

那天主锤的拍卖师叫龚大秋。他一上台就注意到了坐在最后第二排的两位外地人。以龚大秋眼镜蛇一样毒的眼睛,他瞥一眼就估摸出这两位应该就是苏北来的款爷,虽然这两位都穿着名牌西装,但在龚大秋眼里只觉好笑,因为在他看来,再高档的服饰也掩不住两人的土气、俗气,一丝笑意掠过他嘴角,他心里在说:"有这两个冤大头垫底,今天这拍卖有好戏看了。"

果然不出龚大秋预料,第一件拍品就大大超出了事先的价位。

第一件拍品是清代"四王画"领衔人物王时敏的一副《虞山春色图》。从10万底价起拍,竟一路飙升到100万。龚大秋开心呵,因为他看得清清楚楚,这两个苏北大款是志在必得。随你什么人,一喊价,他就立刻加价。连想也不想,最后,拍卖现场成了18号与苏北大款一对一之间的较量。

以龚大秋的眼力,这18号也不像本地人,听口音像是上海人,那派头才是真正的款爷,不急不躁,极沉得住气。且看他那斯文气,必是文化人。看样子他已有点儿人争一口气、佛争一炷香的味道了。两人一来一回地较着劲。

当苏北款爷喊出140万时,18号耸了耸肩,朝后面两位苏北款爷看了看,意思是你俩是来参加拍卖还是来甩派头?

后来又拍了几件,两个苏北款爷也举过几次牌,但都不甚热烈,只有字画出现时,才会吊起两个的胃口。

龚大秋据此判断,这两个苏北款爷对古玩是门外汉,因对玉器、青铜器等等都不懂,所以不敢盲目举牌。而书画,全凭听名头,并不识画真画假,是好是孬。龚大秋有了这个底,知道怎么调动营造现场气氛了。

当张大千的一幅《万壑千嶂图》出现时,龚大秋充分发挥了能说会道的功夫,把这幅画吹到了天上去,似乎这幅画成了张大千山水画的代表作,过了这一村,就没那一店,机不可失,时不再来。果然,在龚大秋极有煽动性的介绍下,举牌者此起彼伏,从50万叫到了300万,还有人举牌。最后,苏北款爷喊出了340万。龚大秋用眼瞟了一眼坐在第一排的9号,示意他举牌。

"360万!"9号毅然喊出了这次拍卖会上的最高价。

按龚大秋的估计,两个苏北款爷会再应战,举牌喊到380万。如果喊到380万,那就算是大胜利了。但龚大秋没想到苏北款爷放下了牌子,点起了烟,根本没再竞争的意思。

龚大秋一看这场面傻了眼。因为这9号是他们拍卖行的自己人。

"360万,第一遍!"

没人应价。

"360万,第二遍!"

还是没人应价。

"360万,第三遍!"

龚大秋尽量放慢语速,可依然没人应价,全场死一般地静。当他无可奈何地敲下去的时候,全场掌声四起。

龚大秋注意到,两个苏北款爷悄没声儿地出了拍卖行。

龚大秋后来知道,这幅《万壑千峰图》其实就是两个苏北款爷的,他们以别人名字参加拍卖的,那个18号其实也是他们一伙的。

事后,龚大秋感慨地说:"长见识,真的长见识。走眼了,小看他们了。没想到土里土气的却好手段。"

姚 和 尚

> 但见那张百元票变得像把坚硬无比的飞刀似的直飞古银杏树，竟直刺刺地嵌进了树皮里。

古庙街一带近年形成了一个古玩市场。

在这个民间的古玩市场上，金簪、玉佩、韩瓶、清瓷、田黄印、鸡血石、蚁鼻钱、金错刀、竹根雕刻、红木饰件、文房四宝、名人字画，或明或暗，时有出现。当然，真真假假，假假真真，漫天要价，落地还钱，全看你识货不识货。

开春以来，这个古玩市场上冒出了一个秃顶的老者，此人瘦如枯柴，只两只鹰隼似的眼睛透着不可捉摸的神色，其相貌实在不能恭维。有人认出了他，说他是走乡串村收旧货的，住在银杏树弄，叫姚和尚。不知是他秃顶叫他和尚呢还是他独身一人叫他和尚，抑或他先前确是当过和尚的，没人知底，姑且存疑。

姚和尚自出现在这古玩市场后，每天风雨无阻，必早早来此。一到，先泡上一壶酽茶，然后小竹凳上一坐，在地上铺块塑料纸，从邋里邋遢的包里取出几样古玩一一摆出，欣赏一番后，不言不语地静坐着，一副姜太公稳坐钓鱼台的样子。

懂行的一看就知道姚和尚的几件古玩都是货真价实的宝贝。你看，那只小型宣德炉，明代的；那只紫砂壶，陈曼生制的；那只内画鼻烟壶，清宫御制藏品；那串紫檀木佛珠，一百单八颗，颗颗刻有佛像，颗颗栩栩如生……

常言道"好酒不怕巷子深"，何况姚和尚无遮无拦地明摆在他摊位上。

相中这些古玩的主儿不是一个两个，但一听姚和尚的开价，都连连咋舌。有个叫老庙哥的，看中他一把蒙古刀，曾软磨硬缠，姚和尚就是不肯降价一个子儿，固执得像头牛。

"妈的，这老家伙八成是想钓大鱼，狠斩一刀。"老庙哥窝火归窝火，心里不能不佩服姚和尚心黑有种，倒也生出三分敬意。

渐渐，人们发现姚和尚的地摊每日里只是虚摆而已，或者说只是摆显摆显罢了，他热衷于与人摆古谈古。一讲起古玩，他会立时鲜活起来，亢奋起来。若有谁与他论辩古玩鉴赏，他会唾沫四溅，比手画脚，也许，只有此时才似乎溅出他人生的点点灿烂，其所谓人不可貌相，别看姚和尚其貌不扬，肚里倒有些货色。可以这样说，那些常在这古玩市场上走动的，不管摊主买主，要论鉴赏眼力，几乎没有比得上他的。

有天，姚和尚摊位前来了位歇顶的中年人，他一看到那只鼻烟壶，像饿鹰看到了野兔似的，一下抢在了手里，横看竖看，后来索性拿出放大镜看，那眼神，简直怀疑他是否想抢了去。

姚和尚知道真正识货的来了，开心地哼起了江南小调。

歇顶者毫不掩饰地说："珍品珍品稀世珍品啊！"

随即，他与姚和尚聊了起来。两人越聊越投机。姚和尚大有棋逢敌手、将遇良才的那种感觉。他拍拍歇顶者说："老弟，走，咱俩去喝一盅。我请客！"

"洋葱头来了，这下，肯定被姚和尚斩进。"老庙哥很是感慨，他对同道的说道，"姚和尚这家伙，三年不开张，开张吃三年，这一手，玩得绝。"

老庙哥最关心的是姚和尚的刀斩得狠不狠。可吊他胃口的是，姚和尚与歇顶者坐在饭店里不出来了。看来歇顶者也不是嫩头，里面正演讨价还价蘑菇战呢。谁沉不住气。谁坏分。

哟,出来了。只见歇顶者满面喜色,自言自语道:"踏破铁鞋无觅处,得来全不费工夫。"

老庙哥盯上去问:"出多少血敲下的?"

歇顶者先一愣,随即带着十二分感动之情说:"他不肯收钱,送的。他割爱相送。"

简直让人难以置信!

好似老庙哥的鼻烟壶让姚和尚送了人,老庙哥一副气得吐血的样子。

老庙哥决计去敲一下姚和尚的竹杠。他带了几个哥们儿,候在那棵有六七百年树龄的古银杏下。

姚和尚带着几分酒态,依然沉浸在酒逢知己千杯少的快慰之中。

老庙哥等几个拦住了姚和尚,老庙哥挥挥手里的百元钞,说是要买下姚和尚的宣德炉。

姚和尚淡淡一笑,说:"50万,不还价!"

"老秃驴,你骨头痒痒还是怎么的?"老庙哥的哥们儿嚷着。老庙哥拍拍姚和尚说:"你送人不肉疼,哥们儿给你钱,你反不给面子,这不是瞧不上咱哥们儿吗。那就别怨哥们儿不义气。"随着老庙哥一摆手,几个哥们儿一拥而上,想抢下姚和尚的宣德炉。不期姚和尚一个"醉汉躲影"闪到了老庙哥身边,并且出手疾速地来了个"仙人请酒"招式,将老庙哥手里的那张百元票请飞了出去,但见那张百元票变得像把坚硬无比的飞刀似的直飞古银杏树,竟直刺刺地嵌进了树皮里。

老庙哥一伙儿惊得腿肚子都发颤,乖乖地溜之大吉。

后来,再没有人敢找姚和尚的岔子。姚和尚依然每天来古玩市场,依然稳坐钓鱼台的样子。逢着谈得投缘的,他就要请酒。碰着特投缘的,姚和尚的古玩就会少一件。从不见他收人家一个硬币。

老庙哥曾花大价钱请了个解放前开古玩店的老头儿去与姚和尚聊,想投其所好,或许也能弄个真宗的唐三彩或镇墓兽之类,至少弄个清宫"大内"瓷器。然而一无所得,姚和尚连酒也不请。不知为什么,聊来聊去,总谈不投缘。

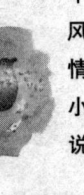

怪人言先生

> 凡喜事，有求必到，不请也到；凡丧事，一律不到，至亲好友，一视同仁。

古庙镇是娄城最古老的一个乡镇，早先仅一条街，用很俗的当地土话形容，一场尿，从镇东稍尿到镇西稍还尿不完。这当然是说笑话。

因其小，镇上谁不认识谁。

说起来言先生算是个小镇名人。他的出名开始是因为他能写一手龙飞凤舞的毛笔字。逢年过节，婚丧喜事，常有人来求他写个对、写个联，他也总是来者不拒。你有酬谢，他写，你没有酬谢，他也照写。

待他退休后，言先生突然有了个怪脾气，婚事上的，随你双喜字、喜联、贺联，送新人条幅，他有求必应。丧事上的"奠"字，以及挽联等，对不起，他一概不写了，而且他还订出一条规矩，广而告之：凡喜事，有求必到，不请也到；凡丧事，一律不到，至亲好友，一视同仁。

这不是有点儿不近情理吗，他能做到吗？

这言先生竟然言出必行，不折不扣地做到了。最典型的是他学校的老校长病故了，镇中学的现任教师、退休教师能到的几乎全到了，惟他礼到人不到。校长在小

镇上怎么说也是德高望重，他却我行我素。

言先生的不写挽联，不参加追悼会，惹得小镇人背后风言风语说了他不少难听话，他全不在意。

还有怪事呢，他女儿谈了个朋友，是市里老干部局的，小伙子长得蛮帅，大学毕业生，又是党员，政治前途很是看好。可言先生就是不同意这门亲事。要说原因，笑歪你嘴，他说这老干部局一年当中要无数次跑病房看望生病的老干部；好多次跑殡仪馆，为病故的老干部开追悼会送终，不行，不行，这工作没一点儿朝气，我女儿不能嫁这样的小伙子，硬生生被他搅得散了伙。最有意思的是，自他退休后，他一改以前衣着朴素的老习惯，喜欢起了红色的衣服，衬衫红色的，羊毛衫红色的，内裤红色的，外套红色的。古庙镇是个传统小镇，谁见过一个花甲年纪的人穿得里外全红，这太引人注目了。说得难听些，小镇人把他当做老妖怪看，可他自我感觉甚好。冬天的时候，他不知从哪儿买到了一顶那些画家爱戴的荷叶帽，竟然也是红色的，红贡呢的。只要他一出门，没有人不朝他看的，背后指指戳戳的。有人怀疑这言先生是否老伴死得早，一个人过得太孤独，脑子出了啥毛病。

因言先生的人品向来不错，退休后他的某些出格举动，镇上人也就眼开眼闭。反正是他自己的事，影响不了别人啥。

小镇人真正看不下去的是最近的事。这言先生到娄城儿子处住了一阵后，突然又在小镇上出现了，令人不可思议的是这回身边多了一位女性，40多岁，一副风韵犹存的样子。这女的竟然在小镇的街上，大庭广众挽着言先生的手臂逛街，完全是旁若无人的气派。这有点让那些老派的小镇人觉得言先生这回做得太过了。假若是年轻人如此，那倒也罢了。你言先生花甲年纪已过，反倒活过去了，这不是因了小镇上的土话"年纪活在狗身上了"。

"老不要脸的！"有人在他背后啐了一口。

更吃惊的事还在后头，前不久，言先生书写了大红请柬，凡熟识的一家家发。原来他要与那位岑女士结为连理，他将在小镇上最上档次的三阳饭店摆喜宴，并言明一律不收礼。

不知小镇人是少见多怪，还是对言先生的行为不满，他结婚那天，前来祝贺的人寥寥无几,这场面有点尴尬。言先生一点也不恼,马上用脸盆装了一盆喜糖,到饭店门口免费派送,还大声叫着:"见者有份,同沐喜庆。"他见来抢糖的很多,干脆对大家说:"见面即为有缘人,同喜同喜,喜宴我请,谢谢光临。"不一会儿,坐足坐满,结果还临时加了两桌,成了古庙镇历史上最热闹的一次喜宴,让小镇人饭后茶余嚼了好一阵呢。

喜宴后,言先生搬到城里去住了。

言先生走后,小镇人有些失落,那些没去喜宴捧场的还真有点儿后悔呢。

碎瓷片收藏家年千寿

> 这些碎瓷片颜色不一，图案也不一，有狮子图案，有花草图案，有鱼虫图案，有人物图案，也有山水图案。

年千寿收藏古瓷片缘于一次很偶然的发现。

年千寿儿时住在翰林弄，他家住的那大院子前前后后住了七八家。据老辈人讲，这房子是明代的一位工部尚书造的。

儿时的年千寿也不知工部尚书是干什么的，有多大，反正这些也与他无关。他只是觉得院子里的那些路挺好玩的，或用鹅卵石拼出花纹，或用碎缸片碎瓷片铺出路来，最精细的是用碎瓷片组成图案。据父亲说：那大花瓶里插着三把兵器的叫"平（瓶）升三级（戟）"，那蝙蝠、梅花鹿与大仙桃谓之"福禄寿"，等等。

这400年以上的院子，住的人家又多，那路自然破损了，张果老、曹国舅等八仙用的那"暗八仙"就仅剩下一半了。有回，年千寿从地上拾起那碎瓷片，发现上面有个漂亮的女人像，年千寿挺喜欢，就洗洗干净藏了起来。

这后，年千寿开始注意起了那些碎瓷片。不久，房管所看中了前院的大天井与后花园，说要造房子。这一来,花草树木全毁掉不说,还把那鹅卵石、碎缸片、碎瓷片铺的路全挖了。年千寿留了一个心,凡碎瓷片上有图案与文字的,就拾出来,用井水冲洗后放了起来。

这些碎瓷片颜色不一,图案也不一,有狮子图案,有花草图案,有鱼虫图案,有人物图案,也有山水图案。有的碗底还有字呢。诸如"大明弘治年制"、"大明成化年制"、"大明正德年制"等,凡年千寿看不上眼的,全被造房的工人送到房子底下去了。

到了90年代初,收藏之风开始热起来了。年千寿已知道了古瓷片的价值,他懊悔当初没把那些碎瓷片全收集起来,因为那些至少是明代的瓷片。说不准里面还有宋瓷元瓷呢,这简直是一定的。

这后,年千寿做起了有心人,90年代中期时,翰林弄弄口的那座元代石拱桥翻修,在当地有识之士呼吁下,政府决定组织力量把三孔石桥两头淤塞的两孔也挖出来,恢复元代时的三孔雄姿,开辟为一个旅游景点。

开挖前,年千寿找到了施工的工头,给了他500元钱,要求他把所挖到的盆盆碗碗,不管碎的不碎的全给他拾好,如有完整的,再另外加钱。工头一听有这等好事,自然留了一个心,把高压水枪冲出来的碎碗片碎盘片全扔到了一个麻袋里。

民工们见工头在拾捡那些碎瓷片,觉得很奇怪,少不了要议论几声。这一议论,就传到了文化局局长耳朵里。局长说:凡地下的东西,任何东西都不能随便拿走!局长这话一出口,局里就有人把工头的一麻袋碎瓷片没收了。

年千寿知道跟公家争是浪费精力,所以后来他就自己跑到现场去捡拾。有次,市里拆迁老房子时发现一棵600年以上的古黄杨,此树被移种到公园里,大树吊走后,年千寿发现留下的坑底有碎瓷片,就急不可耐地跳了下去,结果扭了脚,再也爬不上来,后来他用手机叫来朋友才把他弄上来。不过这次他有大收获,他捡到了一只黑釉茶盏残片。底部有"供御"两字,据考证乃北宋建窑出品,是专供宫廷用盏而烧制的。还有一片元代的青花开光人物纹花盆残片,那画面为高士图,恬静、文气,人物栩栩如生,更重要的是那青花原料系元代时的进口料,即苏泥勃青料者,极为珍贵。

年千寿收藏碎瓷多年，早知道"片柴（窑）值千金"、"家有万贯，不如汝瓷（或钧瓷）一片"，所以他对汝瓷、钧瓷也就特别留意。因为他在元代三孔石拱桥现场拾到过一片不大的汝瓷碎片，因此他猜想那被没收的一麻袋碎瓷中很可能有宝贝。他托人去打听，据说那一麻袋碎瓷片被没收后，一直扔在文化局的车库里，再没人去看过。

年千寿为此事专门去找过文化局局长，局长说："国家的东西，烂掉、坏掉、碎掉可以，但给个人，万万不行！"

再后来，文化局车库改造，那一袋碎瓷片就不知去向了。年千寿打听来打听去，方知施工的嫌碍手碍脚，作为建筑垃圾扔了。

年千寿气得恨不能指着局长的鼻子骂他，但他终于没有。

一切都是个缘字，夏天一场大雨后，年千寿照例又要到河边，到工地去捡拾碎瓷片，在走过一建筑垃圾工地时，见两位外地民工正在把一麻袋拉起来，两人倒出一看，全是碎碗碎盘片，骂了声什么，悻悻而去。年千寿喜出望外，连忙用手机叫朋友开辆车子来，竟然不花一分钱，把这一麻袋碎瓷片找到了。

回去一分捡，好东西多着呢。有宋代定窑的"奉华"款刻铭印花盘残件；有南宋修内司官窑瓶底部残片；有南宋哥窑碗残片；有明成化年间景德镇官窑斗彩碗残片等等。

年千寿开始研究碎瓷片，写出了多篇考证文章。

最近他正在申请开设"年千寿碎瓷片陈列馆"。

据说新上任的文化局局长对此很感兴趣，说要亲自来看一看他的藏品再说。

请请请，您请

> 就因为兄弟俩你请我请地一请就请了两年，要不然，都两岁的孩子了。

郑厚德是作家，正儿八经的作家，90年代中期就已经是中国作协会员了。

他自己也没想到，作协领导会安排他去挂职，一挂就挂了娄城市的市长助理。自从他到任上班后，几乎所有的人都对他改了称呼，再不叫他"郑作家"、"郑大作家"或"郑老师"了，异口同声喊他郑市长，从没有一个喊他郑助理的。

这也罢了，不习惯归不习惯，毕竟不影响别人啥，他也就默认了，如果逢人就说不要叫我市长，我是市长助理，或者说还是喊我郑作家、郑老师吧。那别人一定认为他矫情、作秀，反会被人议论。

不过，当了这市长助理后，还真有几件事让郑厚德不习惯，譬如上下汽车，不管是大车小车，总有人对他说："郑市长，您请，您先请！"他不上车或不下车，别人就不好意思甚至不敢上车、下车。

还有上电梯也是这样，一到电梯门口，哪怕电梯门开着，其他人也不进，非等郑厚德先进不可，还一个劲

说:"请请请,您先请!"

有一次,因为请请请,结果电梯门关了,开了上去,只好再等。偏后来又来了一帮人,他们不认识你郑市长贾市长,只管往电梯里冲,弄得等了好一会儿才上楼。

郑厚德说过好几回了,谁先谁后没关系的,何必弄得这样等级分明,大家都不自在呢,可郑厚德说了也白说,大家还是按他们的一套做,这无形的规矩真大,要改也难。

那天,郑厚德与部委办局的一把手下乡镇去现场办公,乘的是一辆考斯特面包车,上车时照例又是:"请请请,您先请。"郑厚德知道推让也是白推让,就第一个上了车,上车后,他对大家说:"我给大家讲个小故事。"这些部委办局的领导一听郑厚德要给大家讲故事,一个个来了兴趣,作出洗耳恭听状。

郑厚德绘声绘色地说开了:常言道十月怀胎,一朝分娩。但在英国,有位妇女怀孕一年了,还没生下孩子,到医院检查,一切正常,而且医生还说是双胞胎,两胎儿的心率与胎位都正常,孕妇与孕妇家属也就稍稍放了点儿心,静候着孕妇的产前征兆,如阵痛、宫缩等,可这一等又是一年,还是没有任何临产征兆。这就奇怪了,这不符合十月怀胎的规律啊,会不会死胎了。可一检查,医生坚持说胎儿双双正常,绝无异样,孕妇不放心,又转了几个医院检查,结果所有医生的结论都一样:胎儿正常。就是所有的医生都搞不懂为什么怀胎两年了,还生不下来,这简直就是医学界罕见的特例了。后来,经反复研究,在征得家属的同意后,决定实施剖腹产手续,可能因为此事经媒体报道后,已引起方方面面的关注与兴趣,英国皇家电视台决定现场直播剖腹产的过程,让英国百姓一睹在母亲子宫里整整生活了两年的一对双胞胎到底是啥样儿。

剖腹产很顺利,谁也没想到剖腹产的结果让所有的人都大吃一惊,那位主持剖腹产的妇产科医生更是惊得目瞪口呆,因为剖腹后,但见一对双胞胎都穿着燕尾服,极有绅士风度地说:"请请请,您先请。"谁也不肯先出来。

喔,原来这样。就因为兄弟俩你请我请地一请就请了两年,要不然,都两岁的孩子了。

郑厚德说完这故事,车厢里竟鸦雀无声。

不一会儿,车子到了。这会儿,再没有人说请请请了,一个个自觉地下了车,下车后,大家忍不住哈哈大笑起来。

汉白玉三勿雕

在一块连体汉白玉上雕出的三只坐姿猴,一只捂着嘴,一只捂着耳,一只捂着眼,那神态憨拙而滑稽。

胡局肖猴,故他对猴向来敬畏有加,奉若神明。

你想想,如今都什么年代了,可他家的那一幅书法对联还是"金猴奋起千钧棒,玉宇澄清万里埃"。他客厅里最引人注目的是出自名家之手的《百猴图》,至于泥塑的猴子,竹雕的猴子,石刻的猴子,不少呢。

胡局有次多喝了点酒,有点管不住自己的舌头了,他带着酒意说:"这猴子是神兽,孙悟空能做到齐天大圣呢。我这属猴的,做不到齐天,齐县齐市总可以吧……"

胡局这局,是个有权力的衙门,想讨好巴结他的人多着呢。有人摸准了他这路数,投其所好,故胡局家里有关猴的各种工艺品足足可以办个展览。

前不久,市收藏协会与文化局联合举办了一个娄城民俗藏品展。开始胡局根本没当回事,这关他什么事。他请柬收到了也没出席开幕式,叫办公室主任去应了应差。不料办公室主任回来告诉他,展览会里有一尊三只玉雕猴子,惹人喜爱着呢。观众对这展品极有兴趣，评价不低。

胡局来了兴致，立即驱车前往。这三只玉雕猴子果然有意思。在一块连体汉白玉上雕出的三只坐姿猴，一只捂着嘴，一只捂着耳，一只捂着眼，那神态憨拙而滑稽。胡局虽看不懂什么意思，但极是欢喜。

胡局一打听，这玉雕猴的主人是位陆姓退休的老教师，据讲这是祖上传下来的。

胡局决心把这可爱的玉雕猴买下来。没想到陆老师毫无余地地一口回绝。胡局有些不快地想：什么非卖品，还不是想多敲几个钱，行，就多给他几个钱，谁叫我喜欢上了。

办公室主任拿了钱去却碰了钉子，胡局大为恼火，心想，你敬酒不吃吃罚酒，那就走着瞧吧。他关照办公室主任查一查这陆老师的背景与社会关系。办公室主任心领神会，他知道，只要姓陆的有子女，有亲亲眷眷犯在他们局的管辖范围，就有好果子给他吃。

陆老师很生气地说："什么玉雕猴玉雕猴的，屁都不懂，还想占有，亏他好意思开这口。"

这天下午，市博物馆的老馆长来参观，他一见这玉雕猴，仿佛眼前一亮。脱口道："三勿雕！"

这是展出到现在，第一次有人准确地报出这玉雕的真正名称，陆老师就像碰到了知音一样。说实在，陆老师也只知道这玉雕的名称乃三勿雕，到底为什么叫三勿雕，他也说不出个所以然，不想老馆长给他解了谜。

老馆长告诉陆老师说："捂眼猴谓非礼勿看，捂耳猴谓非礼勿听，捂嘴猴谓非礼不讲，此典出《论语》，所以俗称三勿雕。"

陆老师到底是个读书人，一点即通，他想了想说："《论语》中还有非礼勿动呢，应该是四勿才对呀。"

老馆长笑笑说："勿动不好表现嘛。再说中国人喜三不喜四，就出现了三勿雕。"

老馆长还告诉陆老师，这种三勿雕在山东地区较多，特别是盛产滑石的莱州，此石洁白如玉，因石质细软，不派大的用场，但其石粉却有神奇的止血功效，因此以前大户人家或多子女家备一个滑石三勿雕，万一

小孩出血，可当场刮粉止血。"

陆老师听得发了呆，这老馆长果然一肚皮学问。他不解地问："可这是玉雕的。"

老馆长把那三勿玉雕放在手里反复看后，欣喜地说道："这是块老玉无疑，已无丁点火气，润得很，估计是明代的。你姓陆，又是地地道道的娄城人，说不定明代玉雕大师陆子冈是你祖上，如果经鉴定此物出自陆子冈之手，那就价值连城，非同一般。"

陆老师的家谱早在"文革"中烧了，他已闹不清陆子冈是否他祖上。陆老师觉得有些神圣起来，他对老馆长说："等展览结束，你请专家来鉴定一下，如果是先祖陆子冈的遗物，我一定捐赠给市博物馆！"

老馆长紧紧地紧紧地握住陆老师的手。

胡局长听说陆老师执意不肯开价卖给他，而要捐赠给市博物馆，气得脸色都变了。嘴里嘟嘟囔囔地说："你不要有事犯在我手里，你若有事犯在我手里，哼，走着瞧。"

捡漏儿

> 不过何教授最近蔫了，原来凌必正的这一批画全是赝品，作伪者竟是一个名不见经传的业余画家。

千万别误会，这儿的捡漏儿，不是指检修房顶漏雨部分，也不是指抓住别人的漏洞。而是指古玩市场的一个行话，意指用低价位寻觅到了别人没注意不识货的古董古玩。

娄城翰林弄的何教授就是位捡漏儿高手。他曾经仅用50元钱买到了一幅仇十洲的真迹。关于这段捡漏儿过程，如今娄城古玩界、收藏界没有人不知道的，简直成了何教授的经典遭遇。

何教授是娄城师范的一位历史老师，因他善侃大山，喜引经据典，人们戏称他为"教授"，久而久之，大家都叫他教授了，连他自己也觉得挺受用这个外号，处处摆出个教授的样子，不过教授到底是教授，如果不是教授水平，如何能以区区50元钱捡得仇十洲的画。

这仇十洲现今的平头百姓可能不太知道他是何许人物、何许名头，但在明代嘉靖年间，仇十洲可是与唐伯虎、沈周、文徵明齐名的，并称为"明四家"的大画家。你想想，流传了450年以上的名画家的名画能保存下

来多不易。不是我瞎吹,仇十洲的真迹,如今在海外拍卖行里拍到一二百万一幅是不算稀奇的事。而何教授仅出50元,成比例吗?这可就是学问,这可就是眼力,别人学也学不来。

据何教授说,那是一个黄梅天的中午,恼人的黄梅雨淅淅沥沥地下着,街上行人稀少,古玩市场更是门可罗雀,稀稀拉拉没几个摊位。何教授是三天不去古玩市场逛逛看看,就脚痒痒心痒痒的人,那天,他又鬼使神差地有走没走跑一趟,有看没看瞧一回。不料才转了半圈,就发现有位农村老大娘用土织布包了一卷字画,在等待换几个钱。一种敏感使何教授意识到可能有戏,他故意漫不经心问:"大娘,啥东西呀?"

老大娘见来了买主,忙打开包布,说这些都是孩子他爹留下的,不知能不能换几个钱?

何教授一翻,全是不上档次的临摹之作,三钱不值两钱的东西。但他故意说:"好东西啊,我买不起。"其实,这时何教授已见到这卷临摹画中夹杂着一张褪色泛黄,略有破损的古画,这是一幅青绿山水,细润而风骨劲峭,一看那笔墨功夫,就非出自等闲之辈手笔,但奇怪的是整个画面上既无上款,又无下款。何教授细辨之有南宋赵伯驹的某些风格,当即猜测可能是仇十洲的真迹,因为仇十洲是碗店刻花工出身,当时身份比较低微,所以他的早期作品通常都不留文字,只在石缝间或树丛枝叶间留下蝇头小楷"十洲"字样,以便识别。只是若非细心,是很难发现这署名的,何教授何许人也,他来回扫了几眼,就发现了在一棵老松之树节处隐隐有"十洲"两字,至此,他已吃准这一卷画中惟这一幅是真价实货值钱的宝贝。何教授对那老大娘说:"我只带了50元钱,你那些画我买不起,我就拿一幅旧的算了。"老大娘没想到一幅破旧不起眼的画竟卖了50元,已心满意足,执意要再送一幅其他画,但被何教授谢绝了。

绝不绝,捡了便宜还卖了乖。谁说何教授这教授头衔是假的,不服不行啊。

春节前,何教授的捡漏儿又有了大收获,竟被他收到了一批明代画家凌必正的画,有《碧桃栖鸟图》、《翠柏仙鹤图》、《牡丹争艳图》、《风竹图》、《溪山行杖图》、《秋山晓霁图》、《山水扇面》等等。凌必正虽不属一流大画家,但其父是明代的兵部尚书,名头也不算小,据说这批画都是由其后人散出来的。

有人说何教授是娄城的捡漏儿大王。何教授客气地说:"不敢当不敢当,最多称个捡漏儿高手就不得了了。"但听得出,他是很有几分得意的。

不过何教授最近萎了,原来凌必正的这一批画全是赝品,作伪者竟是一个名不见经传的业余画家。何教授自惭地说:"走眼走眼。"

此事也让娄城的好些书画收藏者大跌眼镜。

大彬壶

> 老叫花子这一走,马襄理再也没见过他,更不知那把大彬壶的下落了。

清明一过,地气暖了,桃花红,杨柳绿,油菜花儿蜡蜡黄,正是踏春好时光。

大通银行的马襄理准备携妻带儿去郊外踏踏青,放松一日。

他刚开门,一个老叫花子出现在面前,那老叫花子啜了一口紫砂壶里的茶,唱山歌似的唱道:"这位先生行行好,给多不嫌多,给少不嫌少,积德有福报,善心天地知。"

马襄理觉得甚是晦气,一天的好心情可能就坏在这儿了,但他不想在妻儿面前失态,露出没教养的样子,所以他摸出一张小钞,想打发他算了。

正这时,老叫花子又把紫砂壶送到嘴边啜了一口。这回。马襄理看清了,这不是大彬壶吗?!对,一定是的,他一看这款式,这壶胎,这泥色,就八九不离十断定是大彬壶。

马襄理平素有一大爱好就是收藏紫砂壶。凭着他在银行做襄理,收入不菲,加之总有人在贷款等方面求助他，所以他的紫砂壶藏品在娄城是首屈一指的。他藏有明初期的供春壶，还有明万历年间制壶高手沈士良制的壶，以及清初制壶名家陈鸣远的束柴三友壶，还有陈鸿寿的曼生壶，独独缺一把明代制壶大师时大彬的大彬壶。像时大彬款的袄印壶、玉兰花壶等，马襄理都是从《紫砂壶史话》书上看来的，那些照片他早烂熟于胸，只是无缘收藏。

马襄理吃惊老叫花子手里拿的竟是大彬壶，眼一下子直了，他已看清这是一把时大彬制的扁壶，深紫色、调砂泥、小巧、精致、静气、文气，马襄理愈看愈爱。此时，他已忘了踏青郊游之事，把老叫花子让进了家中。

马襄理吩咐佣人给老叫花子开饭。老叫花子吃饭时，他的两只眼睛只在那把大彬壶上转。好壶、好壶！看看，那微曲的短嘴与环形的把手处理得和谐恰当，因为是调入钢砂的，故壶身上银砂闪点，珠粒隐隐，愈发敦朴古雅。

马襄理看老叫花子吃饭那慢条斯文的样子，心里有了底，他试探着说："这位老哥不知贵姓，看你那斯文的举止，落难前定是大户人家吧？"

老叫花子放下筷，又啜了一口茶说："不瞒您说，我祖上是镶黄旗的，爷爷那辈，曾官至——"讲到这儿，他又止住了话头，有点伤感地说："算了，讲这些陈芝麻烂谷子事有啥意思，败落了，败落了。"

听这老叫花子一说，马襄理盘算着如何开口，叫这老叫花子把壶转让给他，他情愿出高价收购，因为如此名壶可遇而不可求，不光是肯出高价就能买到的，今天让自己碰到，首先是个缘字。

老叫花子吃饱喝足后，把大彬壶推到马襄理面前说："我与你素昧平生，你如此慷慨招待我。非我叫花子面子大，盖因壶之诱啊。这我心里倍儿明。我也不能白吃白喝你吧，这大彬壶乃稀世珍品，看来你也是行家里手，且把玩片刻吧。"

马襄理大吃一惊，原来这老叫花子知道这是大彬壶，且知道这大彬壶的价值。看来要让老叫花子割爱，难矣。

不过马襄理还是取过这把扁壶欣赏了起来，他用手指轻叩壶身，那声音清脆悦耳，看来胎壁极薄。他又把壶举起来，看了看底部，底部"时大彬制"四个字，刻款极有力度。与文献记述中的时大彬壶特征完全相

符。

马襄理考虑了半晌说:"这位兄台,咱明人不说暗话,你这把大彬壶让给我,我给你一间房安顿住下,给你养老送终,免得你四处乞讨,流落街头,你看如何?"

马襄理想自己这条件应该是很优惠的了,他不想乘人之危,廉价收进。

老叫花子笑笑,取过那把大彬壶说:"此壶乃我最心爱之物,一日不可离矣。如肯出手,何须等到今天。当年就是因为不肯割爱此壶,才遭奸人陷害,弄得如此下场。往事不堪回首啊。"

老叫花子一边说一边拿起壶,起身告辞,出门时,他说:"你我若真有缘,还会见面。我哪天死,这壶就哪天归你。"

遗憾的是,老叫花子这一走,马襄理再也没见过他,更不知那把大彬壶的下落了。

菖蒲之死

> 春迟出；夏不惜；秋水深；冬藏密。

江百川是山水画家,师法自然是他的追求,故每年都要外出一两次采风。说采风,其实就是或逛名山大川,或深入到边陲边寨,去写生作画,这一去,少则十天半月,多则一两个月,他自己也说不准到底要走多少地方多少时间才会回来,全看自己兴致与收获。

江百川每次外出,惟一放不下的就是那十几盆菖蒲,这是小菖蒲品种,很珍贵的,特别是其中两盆金边小菖蒲,更属稀罕品种,这些盆景是江百川的案头清供,他喜欢着呢。

每次外出,江百川都要再三再四关照妻子盛春花照顾好这些盆景。还会不厌其烦地告知:春迟出(免受风雪霜冻);夏不惜(繁盛期不惜修剪);秋水深(秋季时要多浇水);冬藏密(霜降后要移入室内)。盛春花则心不在焉地听着,有时还会冒出一句:知道了,都耳朵听出茧了,这些是你的心肝宝贝,要侍候得像皇帝老子那样,该满意了吧。

确实,江百川该满意了,那十多盆小菖蒲盆盆长得

乌油滴翠,绿溢盆沿。

江百川的不满意是从去年秋天那次云南之行回来开始的。云南回来,江百川发现那十几盆小菖蒲都失去了原先的青绿,蔫蔫的,萎萎的,黄叶条一根又一根,盆土都发白了,显然很久没浇过水了。这可是以前从来没有过的。江百川见心爱的菖蒲盆景奄奄一息,很是心痛,有点儿不快地问妻子:"你看看你,叫你照管好这些菖蒲,可现在都变得半死不活的。你到底在……"

"你眼里怎么只有你的菖蒲,也不问问你老婆怎么了,难道你老婆还不如一盆草吗?"说着把门"砰"一关就出了门。

妻子很晚回来,看样子是喝过酒了。

第二天江百川才知道,妻子待岗了,待岗后她在一家私营公司打工。

江百川对妻子说:"待岗就待岗。我每月多卖掉一两幅画不全有了。"

"我可不想让你养着。"江百川发现妻子说话有点呛。

这后,盛春花常常很晚回来。问她,她只一句话:"我是在打工,打工得听老板的。"

江百川发现妻子变了,原来她精心伺候的菖蒲,现在她连看也不看一眼,她只关心自己的发型,自己的服饰。

江百川竭力挽救着菖蒲盆景的生命,但还是一盆接一盆地枯死。

伤心的江百川会对着那一盆盆枯死的菖蒲,半天默默无语。

他决定与妻子好好谈谈。

盛春花很不以为然地说:"你也不必猜了,我是与老板在一起,他请我上星级饭店,请我去夜总会,请我跳舞,给我买时装,这些,你给过我吗?你只有你的画,只有你的菖蒲,你去跟你的画过,跟你的菖蒲过吧。"

等那十几盆菖蒲全部魂归西天时,盛春花正式提出了离婚,理由很简单:夫妻感情已死亡!

江百川知道,再勉强也没啥意思,就签了字。

据说盛春花离婚后说过这样一句话:"江百川太不了解女人了,而老板又太了解女人了。"

离婚后的江百川重新上盆了十几盆小菖蒲，他要试试靠自己一个人，把这些草本小精灵种绿种盛。作画之余，他常常一个人呆呆地凝视着这些菖蒲盆景，也不知他到底在想些什么。

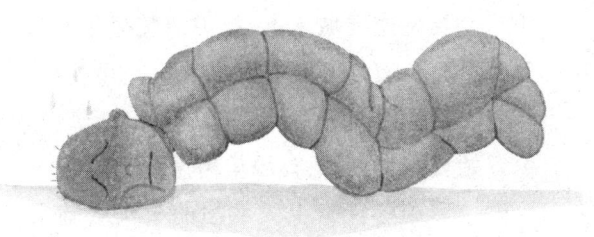

全羊宴

> 其实,只有他自己心里清楚,他从小不喜欢吃羊肉,一闻羊膻味就反胃。

在娄城餐饮业,流传这么两句话,即"开春吃河豚,入冬吃羊肉"。

要说这娄城羊肉,据说清乾隆年间就小有名气了。距今至少有250年左右的历史,是娄城有名的食物品牌,只是20世纪60年代以后,渐渐衰败。到90年代,开始复兴。近年,娄城羊肉重新名声在外。

一到冬天,上级部门的头头脑脑来娄城调研、视察、检查、考核、开会,或者路过,不管你明说暗提,都会被当地官员带到江边镇去品尝全羊宴。

这不,那天省里来了交通厅的相厅长。相厅长再三关照,只是路过,千万千万别惊动市里领导,范围越小越好。

娄城交通局的闵局长考虑再三,市里只请了组织部茅部长,因为他与自己是党校里的同学,怎么算都属铁哥们儿,另外,只叫了副手江大进,还带上了办公室副主任凡浅浅。

闵局是这样想的,组织部茅部长算是代表市里,这样既不算惊动市主要领导,格子也不算低,凡浅浅又漂亮又能喝酒,到时是要派上大用场的,带了凡浅浅,江大进这副局长不出面,容易落下话柄。

闵局是江边镇的常客,这十几家羊肉馆子哪家哪情况他都一清二楚。他把车子直接开到了隆永盛羊肉馆,这家牌子最老,名气最响,硬件也最好。

一落座,闵局就如数家珍介绍开了:"说这全羊宴有羊眼羊舌羊脑子、羊肝羊心羊腰子、羊心羊肠羊肚子、羊血羊鞭羊卵子;红烧、清炖、冷盆、热炒,形式多样,味道独特。"

直听得相厅长一愣一愣的。相厅长开心地说:"嘿,闵局快成美食家了。"相厅长说这话时注意到江大进一脸痛苦的样子,忍不住问道,"小江怎么啦,不舒服吗?"

江大进见相厅长问,连忙说:"没什么没什么。"其实,只有他自己心里清楚,他从小不喜欢吃羊肉,一闻羊膻味就反胃。要不是闵局叫了,要不是陪相厅长,他是决计不会进这羊肉馆子的。

江大进调来交通局当副局长才没多久,故闵局长对他并无多少了解。他实在也不屑去了解。

闵局饶有兴味地点了麒麟献首(羊头)、踏雪千里(羊脚)、金枪不倒(羊鞭)、鲜仙煲、大补丸子等,他还特别强调说吃啥补啥,要了羊眼羊卵子等各一盆。

相厅长夹了一片羊肝放到嘴里,说:"我听说羊肝明目,有这种说法吗?"

"对,羊肝明目,李时珍《本草纲目》中有记载的。"闵局很肯定地说。

"明目好,吃吃吃。"相厅长反客为主地说道。

茅部长、闵局、凡浅浅都几乎同时举筷夹了一片羊肝,惟江大进喝了口黄酒,并未动筷子。

相厅长见江大进不吃羊肝,开玩笑说:"小江年轻视力好,要补的不是眼睛,来来来,吃这个,补补阳气。"

江大进一见相厅长指的是羊卵子,连忙说道:"你们补,你们补。"

茅部长觉得这江大进有点儿拎不清了,就说道:"相厅长让你补,你

就补一下吗。"

凡浅浅是专搞公关的,她也觉得江大进太不给领导面子了,就端起酒杯说:"江局,我喝了这杯酒,你补一下,怎么样?"

闵局一见这局面来劲了,催着江大进快吃。

江大进知道再推不好,硬着头皮夹了一只羊卵子放到嘴里,不吃,这羊肉膻味还算淡些,这羊卵子吃在嘴里,那味就重了许多。江大进闭着眼睛吃下后,仅一会儿胃就翻江倒海起来,他意识到不好,连忙起身想冲到包厢外面去,可已晚了,他刚站起身,就无法控制地吐了起来,刚好吐到相厅长身上。

闵局见此,大为光火,脸色十分难看地说:"你、你简直……"

还是凡浅浅机灵,她连忙用餐巾给相厅长擦了起来。

相厅长嘴里说:"不要紧,没关系的。"那脸色到底没了半点儿笑容。他站起来说,"算了算了,不吃了,不吃了,送小江回去吧。"随即闵局、茅部长再怎么劝,他已无半点儿胃口了。最气的当然是闵局,原来他想让凡浅浅好好陪相厅长喝几杯的,他很欣赏凡浅浅的劝酒本事与酒量,没想到因为这江大进全搞砸了,气得他恨不得大骂江大进一通。

上车时,茅部长不无遗憾地对江大进说:"你不是自己把自己的政治生命冻结了吗?"江大进的心里再一次倒海翻江起来。